리정혁의
백두산 하이킹

리정혁의
백두산 하이킹

박경희 지음

주니어김영사

차 례

1부 통일 열차를 탄 사람들

2부 새로운 도전

에필로그

북에서 보낸 편지, 리철

서울에서 보낸 편지, 미소

작가의 말

1부

통일 열차를 탄 사람들

어제와 다른 세상

"통일!"

온 세상이 통일의 물결로 출렁이는 나날이었다. 요즘 정혁은 구름 위를 둥둥 떠다니는 기분이었다. 꿈이 아닐까 싶어 몰래 허벅지를 꼬집어 보았다. 아야! 아픈 걸 보니 진짜다.

"누나, 우리 이제 고향에 갈 수 있겠어. 아빠는…… 살아 계실까?"

들뜬 정혁과 달리 누나 수진의 표정은 담담했다. 아니, 담담하다 못해 냉기마저 감도는 듯했다.

"너무 기대하지 마. 통일됐다고 세상이 완전히 바뀌는 건 아니잖아. 네 할 일이나 제대로 해. 아빠 만나서 뭔가를 보여 드리려면."

대학생인 수진은 정혁에게 엄마보다 더 엄마 같은 사람이다. 잔소리도 엄청나다. 정작 엄마는 치매 노인들 돌보는 일을 하느라 자주 집에 못 온다. 모처럼 집에 와도 왠지 엄마는 손님 같은 느낌이다. 정혁에 대해 아는 게 별로 없다.

모처럼 집에 온 엄마는 구석구석 청소하고 냉장고를 수시로 열고 닫으며 반찬 만드느라 바빴다. 그렇게 쉬지도 못한 채 종종거리다, 서둘러 치매 할머니를 돌보러 가곤 했다. 통일이 되고 세상이 달라졌지만, 엄마의 현실은 하나도 달라진 게 없어 보였다. 정혁은 피곤을 달고 사는 엄마 뒷모습을 볼 때마다 마음이 무거웠다.

"엄마, 집에 와서도 쉬지 못하고⋯⋯. 제가 얼른 돈 벌어서 엄마 편하게 해 드릴게요."

엄마를 생각하면, 정혁은 대학 대신 취업을 택하고 싶었다. 그런 정혁을 수진은 적극적으로 말렸다. 죽음의 강을 건너 서울에 짐을 풀면서부터 수진은 완전 딴사람이 되었다. 늘 투사처럼 치열했다. 남한 친구들에게 뒤져서는 안 된다며 매일 밤을 새웠다. 얼굴빛이 누렇게 뜨고 코피를 쏟으면서도 학교 성적만을 생각했다.

"누나가 좋은 대학 들어갔으면 됐어. 난 누나처럼 똑똑하지도 않고, 공부에 관심도 없다고. 그러니까 제발 잔소리 좀 그만해. 난 엄마 고생하는 거 더는 볼 수 없어. 남한에서는 몸으로 하는 일 해도 얼마든지 돈 벌 수 있어. 그러니까 애 취급 좀 하지 말라고."

정혁의 말에 수진은 한심하다는 듯 혀를 찼다.

"아무 말 말고 간호 대학 준비해. 대한민국은 남자 간호사를 선호하니까. 대학만 들어가면 취직은 문제없어. 간호사 된 다음 엄마한테 효도해. 고졸 출신 탈북자를 누가 써 준대? 정신 차리라고."

수진은 연민 가득한 눈으로 정혁을 바라보며 선생님처럼 단호하게 말했다. 실제로 수진은 사범 대학 졸업반이다. 매년 장학금을 놓친 적 없는 우등생이기도 하다.

"통일됐어도 북한에 가면 분명 배신자라고 손가락질당할 거야. 그래서 우리가 실력이 있어야 하는 거라고. 당당히 내밀 만한 교사 자격증이나 간호사 자격증이 있으면 아무도 우릴 무시 못 할 거야."

수진이 정색하며 열변을 토했다. 찬물을 끼얹는 것처럼 차가운 수진의 말에 정혁은 얼굴이 단단히 굳어 얼음장이 되었다. 통일의 기쁨만을 만끽하고 싶던 마음이 험난한 현실 앞에 가로막히는 것만 같았다.

"누나는 똑똑한 대학생이니까 자격증 따기 쉽겠지만, 난 자신 없어! 고등학교 진도도 겨우 따라가는 중이야. 솔직히 수업 들을 때마다 외국 유학 온 느낌이라고. 대학까지 가서 바보짓 하고 싶지 않아. 난 몸으로 하는 일 할래!"

정혁은 평소와는 달리 조목조목 따지듯 대들었다. 실제로 정혁은 서울 생활이 무척이나 버거웠다. 학교가 섬이나 다름없었고 선생님의 언어 자체를 이해 못 할 때도 많았다. 수진은 이 모든 사실을 모르지 않으면서도 냉정했다.

"걱정하지 마. 대학은 '탈북자 찬스'를 잘 쓰면 돼. 남자 간호사가 유망 업종이라 경쟁이 조금 세긴 하지만…… 미리 겁먹을 필요 없어. 넌 체력도 좋으니까 간호사 하면 딱이야!"

수진이 엄지손가락을 세우며 정혁을 설득했다. 정혁의 생각을 다잡기 위해 아주 단단히 마음을 먹은 것 같았다.

"누나, 과연 내가 대학에 갈 수 있을까? 남한 아이들은 코흘리개 유치원생 때부터 입시 준비를 했다는데."

"정혁아, 가능해. 아직 시간이 남았잖아. 누나가 틈틈이 과외 수업 해 줄게. 공짜로. 됐지?"

수진의 말에 정혁은 아무 말도 못 했다. 자신이 없고 불안하기도 하지만, 똑똑한 누나가 하는 말이니 따를 수밖에.

정혁은 복잡한 마음에 머릿속까지 엉켜 버린 기분이라 옅은 한숨을 내쉬었다. 그러고는 아까부터 통일 축하 특집 프로그램이 방송되는 텔레비전에 말없이 시선을 고정했다.

뉴스와 다큐물이 끝난 후, 축하 공연이 이어졌다. 정혁은 리모컨으로 볼륨을 키우다가 수진을 흘끔거렸다. 수진은 여전히 키보드를 두드리며 학교 과제를 하느라 정신이 없었다. 대학에서 한 번도 장학금을 놓치지 않고 공부만 하는 누나를 보면, 정혁은 경이로우면서도 숨이 막혔다.

정혁은 텔레비전을 보다 말고 갑자기 엄마 목소리가 듣고 싶었다. 엄마는 정혁과 수진보다 먼저 북한을 떠나 중국을 거쳐 남한에 정착했다. 정혁과 수진은 엄마의 초대로 브로커를 통해 서울에 온 것이었다. 몇 해 동안 엄마와 떨어져 살던 기억 때문인지 정혁은 늘 엄마가 그리웠다. 보고 있어도 그리운 마음이 들었다.

남한에 오면 엄마랑 누나랑 다 함께 도란도란 재밌게 살 줄 알았다. 하지만 눈앞의 현실은 기대만큼 따뜻하지 않았다. 같은 서울 안에 살면서도 엄마와 정혁은 이산가족이나 다름없었다. 배불리 먹어도 늘 가슴이 허허로운 것은, 엄마를 향한 갈증 때문인지도 모른다. 정혁은 엄마의 다정한 목소리를 기대하며 전화기를 눌렀다.

"엄마, 엄마도 소식 들었지? 드디어 통일이 됐어! 우리 이제 아빠 만나러 갈 수 있겠다. 그렇지?"

정혁은 엄마가 전화를 받자마자 흥분을 감추지 못하고 외쳤다. 엄마가 곁에 있으면 얼싸안고 춤이라도 추고 싶은 심정이었다.

"정혁아…… 미안……. 지금 할머니 식사 도와줘야 해서……. 내일 쉬는 날이니까 집에 가서 이야기하자!"

뚝. 순간 어디에서 찬바람이 불어오는 것처럼 정혁은 서늘한 기운을 느꼈다. 급히 전화를 끊어 버리는 엄마가 야속했다. 누나나 엄마는 지금 세상이 변하는 걸 모르는 듯했다.

"에잇, 전부 다 일, 일……. 공부, 공부……. 우리 식구는 정말 재미없어!"

정혁은 엄마 대신 전화기를 끌어안은 채 혼자 구시렁거렸다. 텔레비전에서는 북한의 예술 단원들이 나와 춤추고 노래했다. 이어서 남한 유명한 아이돌의 현란한 춤사위가 벌어졌다.

"휴……. 남들은 통일됐다고 난리인데 이게 뭐람. 우리 가족만 캄캄한 동굴 속이라니까. 진짜, 맥 빠져!"

정혁의 푸념에 수진이 과제를 하다 말고 정혁을 바라보았다.

"엄마 힘든데 왜 전화하고 그래! 내일 엄마 오신다니까 미리 청소 좀 해 놔. 난 내일 과외 아르바이트 가잖아. 내가 가르치는 학생은 1점이라도 더 올리려고 안간힘을 쓰는데 넌 어쩜 그리 천하태평이니……. 진짜 걱정된다."

수진은 얄밉도록 정혁의 약점을 꼭 집어 말한다. 정혁은 그럴 때마다 수진이 야속했지만 할 말은 없다. 누나처럼 악바리가 아니면 살아남을 수 없다는 것쯤은 알기에.

날이 어둑어둑해지고, 정혁은 좁은 거실에 놓인 텔레비전 앞에서 새우잠을 자다 아침을 맞았다. 눈을 떠 보니 수진은 이미 나간 뒤였다. 식탁 위에 수진이 남긴 쪽지만 덩그러니 놓여 있었다.

> 밥 챙겨 먹고 집 청소하기.
> 화장실 청소도 부탁해. 간다!

성격만큼이나 간단명료한 누나의 메모에 정혁은 혀를 찼다. 대충 밥을 먹은 뒤 설거지를 마치고 멍하니 천장을 올려다보았다. 답답한 집에 혼자 있기 싫었다. 정혁은 추리닝을 벗고 외출복으로 갈아입었다. 어디든 가야 할 것만 같았다. 온 천하가 술렁대는 통일 뒤에 맞는 첫 주말이니까!

어제와 다른 세상 13

새로운 친구, 미소

집 밖으로 나오니 그야말로 완전히 딴 세상이었다. 손에 태극기를 든 사람들이 웅성대며 어딘가를 향해 힘차게 걸어가고 있었다. 정혁도 얼떨결에 사람들 물결 속으로 들어갔다. 작은 공원을 지나자 대로가 나타났다. 사람들이 어울려 흘러가는 모습이 마치 파도치는 모습과 닮아 보였다.

"진짜 통일이 됐구나! 통일…… 통일……."

정혁은 혼자 대사 읊듯 중얼거렸다.

"지금 어디 가는 거예요?"

정혁은 옆에 있는 또래 여자아이에게 용기 내어 물었다. 운동복 차림의 여학생은 외계인 보듯 정혁을 아래위로 훑어보았다. 그러고는 앙칼지게 목소리를 높였다.

"어머! 지금 어디 가는지도 모르고 따라나섰어요? 그동안 방송 많이 했는데……. 오늘 광화문과 종로 일대에서 '통일 축제 퍼레이드'가 종일 열리잖아요!"

아뿔싸. 정혁은 여자아이의 통통 튀는 목소리를 듣자 어수룩한 자기 자신이 부끄러웠다.

"같이 가요! 통일 축제를 맘껏 즐기자고요."

서글서글한 눈만큼이나 시원스러운 말로 손을 내미는 여자아이 앞에서 정혁은 석고처럼 굳어 버렸다. 서울에 와서 아직 여자 친구를 만나 본 적이 없었다. 사귀기는커녕 가까이 친하게 어울려 지내는 여자아이들도 없었다. 그런데 여자아이가 같이 가자고 손을 내밀고 있으니, 뭘 어찌 해야 할지 당황스러웠다. 정혁의 붉어진 얼굴을 보며 여자아이가 깔깔 웃었다.

"우아! 희귀종 발견! 요즘도 수줍음 타는 남학생이 있다니……. 완전 내 타입이네!"

여자아이의 말에 정혁은 화들짝 놀라 내민 손을 덥석 잡았다. 속으로는 덜덜 떨었지만 담담한 척 미소까지 지었다. 그러는 정혁을 보며, 여자아이는 무지 재미있다는 듯 연신 싱글거렸다.

"내 이름은 최미소. 고등학생이야……."

"저……, 저는 리정혁입니다. 고등학교 1학년이고요……."

"와. 우리 동갑이구나! 지금부터 서로 말 놓자!"

통일이 꿈결처럼 왔듯, 미소와의 만남 또한 예고 없이 찾아왔다.

광화문 광장에서 펼쳐지는 통일 퍼레이드는 축제 중의 축제였다.

누구나 어울려 춤추고 노래하며 신나게 손뼉 쳤다. 말 그대로 인산 인해. 발 디딜 틈조차 없었다. 정혁은 피곤해도 무척이나 기분이 좋 았다. 정혁과 미소 또한 딱친구, 즉 남한 말로 절친처럼 인파 속에서 웃고 즐겼다. 길거리 어디나 마실 음료수와 다과가 양껏 놓여 있었다.

"통일이 좋긴 좋다. 이 모든 게 공짜라니."

미소가 탄산수를 정혁에게 건네며 감탄사를 연발했다.

"통일! 실감 난다. 광화문에 오니까 더욱더."

통일 퍼레이드 이후 정혁과 미소는 틈만 나면 연락을 나누었다. 사 는 곳도 멀지 않아 껌딱지처럼 붙어 다녔다. 그러나 정혁은 미소와의 만남이 믿어지지 않을 때가 간혹 있었다.

"미소야, 난 가끔 네가 사라지는 꿈을 꿔. 그때마다 불안해."

정혁이 떡볶이를 먹다 말고 미소의 얼굴을 바라보며 말했다.

"아직도 확인이 필요해? 리정혁, 난 네가 희귀종이라 만난다고……. 계산하지 않고 나를 바라보는 눈빛. 진짜 좋아. 백번도 더 말했잖아."

정혁은 미소의 말에 안도의 숨을 내쉬었다.

"미소야, 난 너를 만난 게 기적 같아. 남한에 와서 받은 제일 큰 선 물은 바로 너야. 너랑 이렇게 떡볶이를 같이 먹을 수 있다는 게 실감 이 나지를 않아. 진짜 고마워."

"희귀종 맞네. 요즘 너처럼 신파적인 고백을 하는 남자가 어디 있 냐? 난 너의 맹할 만큼 순진무구한 모습이 좋다고. 됐어?"

진지한 정혁과 달리 미소는 농담처럼 가볍게 말했다.

정혁은 미소를 만나면서 하루하루 세상이 새롭게 보이는 것 같았다. 한 번도 가 본 적 없는 세상에 발을 디딘 느낌이었다. 사실 미소를 처음 보았을 때 정혁은 미소가 날라리인 줄 알았다. 범상치 않은 옷차림과 거침없이 아무렇지 않게 뱉는 말투 때문이었다. 그러나 뜻밖에도 미소는 누나처럼 학구파인 데다가 책벌레였다. 시간만 나면 정혁을 도서관으로 데려가 다양한 책을 소개해 주었다. 짧은 동화조차 제대로 접하지 못한 정혁이지만, 미소가 권해 주는 책은 무조건 읽었다. 시간이 지나면서 고구마 줄기 뻗어 나가듯, 연결해서 다른 책을 찾아 읽는 재미에 정혁도 푹 빠졌다. 책이 펼치는 세상은 광활하고 원대했으며 신비로웠다. 시간이 지날수록 미소의 진가가 발견되는 것처럼 책도 읽으면 읽을수록 놀랍고 행복했다.

"미소야. 나는 책이 이렇게 재밌는 줄 몰랐어. 진짜로. 책을 읽고 나면 왠지 내가 괜찮은 사람처럼 느껴져. 처음이야, 이런 감정. 난 그저 못나고 열등감으로 꽉 찬 아이였거든. 지식이 쌓이면 자존감 수치가 올라간다는 말, 조금은 이해가 돼."

"겨우 독서의 입문 과정 거쳐 놓고 세상 지식 다 얻은 것처럼 허세네. 쩝."

말은 거칠게 하면서도 미소는 정혁의 변신을 지켜보는 게 재밌고 뿌듯한 눈치였다. 변한 건 정혁만이 아니었다. 세상도 변화의 물결로 출렁댔다. 통일되고 가장 먼저 시도된 일 중 하나가 '통일 열차'였다.

백두산에서 한라산까지. 남북 어디든 마음만 먹으면 여행할 수 있는 세상!

드디어 상상이 현실이 되었다. 언제 어디든 남한과 북한을 자유롭게 다닐 수 있는 것이다. 방송이며 인터넷이며 온 세상이 '통일 열차' 이야기로 가득했다.

정혁도 통일 열차를 타고 싶지만 마음뿐이었다. 시간도 그렇고 여행 경비 등 걸림돌이 많아 엄두조차 내지 못했다. 하지만 간절히 원하면 이루어진다고 했던가? 학교에서 돌아온 수진이 '빅 뉴스'를 안고 거실에 있는 정혁 앞으로 다가왔다. 마침 엄마도 쉬는 날이라 엄마, 정혁, 수진이 모처럼 다 같이 둘러앉았다.

"엄마, 정혁아. 나 청진에 가게 됐어. 이번에 '대학생 통일 후 교육 성공 사례' 공모전에서 대상 받았거든! 상금이랑 통일 열차 왕복 티켓을 두 장 받았어. 같이 가자, 엄마! 응?"

평소와 달리 수진이 한껏 들뜬 목소리로 말했다. 정혁은 통일이 됐다 해도 심드렁하던 수진이 백팔십도 달라진 모습을 보이자 의아했다.

"장하다, 우리 딸. 근데 어쩌냐…… 엄마는 일 때문에 안 될 것 같아. 할머니 건강이 안 좋아서 지금은 꼼짝 못 하겠어. 나중에, 나중에 우리 꼭 다 같이 가자. 곧 방학인데 정혁이랑 다녀와라. 청진도 많이 변했겠지. 어휴, 느이 아빠는 어찌 사는지……."

엄마는 말을 잇지 못한 채 길게 한숨을 내쉬었다. 정혁은 '청진'이라는 말을 듣는 순간 온몸에 전율이 일었다. 꿈에서라도 가고 싶은,

그립고 그리운 고향이었다. 아빠가 정혁의 생일날 사 왔던 오야주 나무가 눈앞을 스쳤다. 마을 어귀 회화나무 밑에서 같이 어울려 놀던 동무들 얼굴도 하나둘 연이어 떠올랐다. 금방이라도 달려가 만나고 싶은 얼굴들이었다.

"누나, 나 청진에…… 정말 가고 싶다……. 데려가 주라."

정혁은 수진에게 무릎이라도 꿇을 태세로 말했다. 그만큼 간절했다. 수진은 엄마와 정혁을 번갈아 바라본 후, 선심 쓰듯 정혁에게 말했다.

"요즘 너 완전히 변하긴 했더라. 공부도 하고 책도 많이 읽고……. 내가 말할 때는 들은 척도 않더니……. 암튼 간호 대학 들어가자. 고향 다녀와서 열심히 공부하기. 약속!"

정혁은 누나 마음이 바뀔까 두려워 맹세까지 했다.

"선서! 나 리정혁은 간호 대학에 갈 준비를 철저히 하겠습니다!"

갑작스러운 정혁의 말에 수진은 미소를 지었다.

"누나, 생각만으로도 가슴이 뛴다. 날마다 바닷가에 가서 자그사니 잡아 구워 먹던 송아지친구들도 보고 싶고……. 근데…… 아빠는 살아 계실까?"

엄마가 정혁의 말에 천장을 쳐다보며 말했다.

"그동안 아빠 소식 알아보느라 발품 많이 팔았는데……. 브로커 사서 백방으로 알아봤지만 감감무소식이네. 일단 북한에서 중국으로 나온 흔적이 없는 걸 보면 청진에 그대로 있다는 얘긴데……. 느이가

가 보면 알겠지."

정혁도 알고 있다. 그동안 엄마가 거금을 들여 아빠 동향을 캐던 사실을. 누나와 자신을 데려오기 위해 빚진 브로커 비용도 다 갚지 못한 상태에서 또다시 빚을 진 엄마는 돈이 되는 일이라면 무엇이든 했다. 건물 청소에, 고깃집 식판 닦는 일에, 요즘은 치매 할머니 치다 꺼리까지. 정혁은 엄마 생각만 하면 콧등이 찡했다.

"너희라도 고향에 먼저 다녀와. 엄마는 아직 준비가 안 된 것도 있고. 우리 맏딸이 상으로 받은 티켓으로 고향에 가니 더 좋다. 나도 죽기 전에는 가 보겠지."

엄마는 애써 우울함을 감추려 목소리 톤을 높였다. 그러고서 부지런히 저녁 밥상을 차렸다. 엄마가 뭔가 숨기는 게 있는 것 같았지만 정혁은 묻지 않았다.

"마트에서 아바이 순대를 팔기에 좀 사 왔는데, 맛이 괜찮으려나?"

엄마가 수진에게 아바이 순대를 집어 주며 말했다. 일반 시중에서 파는 순대와 달리 속에 든 게 많고 핏물도 짙었다.

"모양은 옛날에 먹던 순대랑 비슷한데 맛은 전혀 아니야. 엄마가 해 주는 순대가 훨씬 맛있어."

순대 맛을 본 수진이 인상을 찌푸렸다. 깔끔한 성격만큼 수진은 입맛도 까다롭다.

"아바이 순대는 핏물을 잘 빼야 하는데 날치기라 그래. 같이 산 오이냉국도 어째 맛이 밍밍하네. 옛날에 텃밭에서 직접 딴 오이로 냉국

만들면 정말 맛있었는데……. 뭐든 무늬만 그럴듯하고 맛은 전혀 다르니, 원."

요즘 엄마와 누나는 무엇이든 북한에서 살 때와 비교하는 버릇이 생겼다. 정혁은 어릴 때 고향을 떠나서인지 남한 음식이 오히려 더 칼칼하고 입에 맞는 편이다. 수진이 진저리치는 아바이 순대도 정혁의 입맛에는 딱 맞았다. 오히려 북한식 아바이 순대보다 맛이 진해서 좋았다. 수진은 불닭볶음면이라면 질색하지만 정혁은 입안이 얼얼하도록 매콤해서 종종 사 먹기도 했다.

정혁은 수진이 외면한 순대까지 몽땅 먹었더니 배가 불렀다. 갑자기 미소 생각이 났다. 도서관에서 헤어진 지 얼마 되지 않았지만, 통일 열차 타게 된 이야기를 빨리 전하고 싶었다. 휴대 전화만 들고 살짝 밖으로 나가려는데 주방에서 설거지하던 엄마가 정혁을 불러 세웠다.

"정혁아, 다 늦은 시간에 어딜 가?"

소파에 앉아 책을 보던 수진이 의미심장한 미소를 지으며 정혁을 보았다.

"너 또 여자 친구 만나러 가는 거지? 너 미소인지 스마일인지 만나더니 완전 달라졌어. 예전의 리정혁이 아니야. 딴사람 보는 것 같아."

며칠 전 미소와 함께 있다 아파트 앞에서 수진을 만난 적이 있다. 그날은 서로 머뭇거리느라 인사도 못 한 채 헤어졌다.

"와! 키도 크고 얼굴도 예쁘던데 진짜 네 여친 맞아?"

정혁이 집에 들어오자마자 수진은 연예인 스캔들 떠벌리듯 집요하게 물었다. 미소의 첫인상이 괜찮다는 누나 말에 어깨가 절로 올랐다.

"누나도 공부만 하지 말고 연애도 좀 하셔!"

암튼 수진은 정혁의 변화를 누구보다 먼저 알아챘다. 그럴수록 공부 잔소리 강도는 세졌다. 수진은 과외 선생답게 이것저것 챙겼다. 간호 대학에 대한 알짜 정보를 건네거나 다양한 시험 문제집을 직접 사다 주는 등 열정이 대단했다. 정혁은 공부는 아무나 잘하는 게 아니라는 것을 실감했다. 포기하고 싶을 만큼, 대학은 저 높은 세상에 존재하는 철문 같다고 느꼈다.

수진의 잔소리가 더 길어질까 두려워 정혁은 얼른 밖으로 나왔다. 옆 단지에 사는 미소에게 전화를 걸었더니 잠시 후 미소가 헐렁한 운동복 차림에 젖은 머리를 털어 대며 슬리퍼를 끌고 나왔다. 정혁은 미소의 그런 모습조차도 밤바람에 실려 온 아카시아 향처럼 싱그럽게 느껴졌다.

"막 씻고 숙제하려는데 무슨 일이야? 그새 내가 보고 싶어졌어?"

미소의 애교에 정혁은 어찌할 바를 몰랐다.

"나……. 우리 누나랑 이번 여름 방학 때 고향에 가게 됐어. 청진에. 누나가 무슨 공모전에서 대상을 탔는데, 부상으로 통일 열차 티켓을 받았대, 왕복으로 두 장이나!"

정혁의 말에 미소의 눈동자가 휘둥그레졌다.

"어머? 정말이야? 정혁아, 나도 같이 가고 싶다. 말로만 듣던 북한 땅은 어떨까? 갑자기 엄청 궁금해지네. 북한에 가서 네가 살던 고향도 둘러보고 싶어. 누나한테 꼭 좀 이야기해 줄래? 나도 같이 가도 괜찮을지. 아, 당연히 내 비용은 따로 다 낼게! 같이 가면 좋겠다, 정혁아!"

정혁은 생각지도 못한 미소의 제안에 가슴이 콩닥거렸다. 미소와 함께 통일 열차를 타게 된다면……! 또 다른 기적의 순간이 도래하는 것인가! 가슴이 널뛰기하듯 쿵쾅쿵쾅 뛰었다.

"미소야, 누나한테 허락받고 연락할게."

정혁은 마음이 급해 미소에게 한마디 남기고 집을 향해 냅다 달렸다.

두근두근 함께 떠나는 여행

여름이 되니 밤이고 낮이고 매미들의 합창 소리가 끊이지 않았다. 누군가는 매미 소리가 소음일 수 있었지만 정혁에게는 계속되는 불볕더위를 식히는 폭포수처럼 느껴졌다. 정혁 일행은 여름 방학이 시작되자마자 속초행 버스에 몸을 실었다. 역사적인 순간이 도래한 것이다. 두둥! 정혁은 너울대는 가슴의 일렁임을 감출 수가 없었다. 바로 옆 좌석에 미소가 앉아 있지 않은가.

'미소는 볼수록 신기해. 대부분 서울 아이들은 북한에서 온 나를 외계인까지는 아니어도 어딘지 낯설고 다르게 보던데. 통일이 된 걸 부담스럽게 여기는 애들도 많고. 남한이 잘살지 못하는 북한 먹여 살리는 게 싫다는 여론처럼 불편하게 생각하기도 하던데, 미소는 북한에 가 보고 싶어 하다니! 희한한 건 내가 아니라 미소 아닐까?'

정혁은 창밖을 내다보며 옆에 앉아 있는 미소 생각을 했다.

"정혁아, 너 속초 가 봤어? 난 엄마랑 가끔 동해 바닷가를 찾았어. 엄마는 명절 때마다 날 데리고 여행을 다녔어. 서울에 있으면 더욱 쓸쓸하다고. 그중에 속초 앞바다를 제일 많이 왔었지."

평소 같지 않게 미소가 가라앉은 목소리로 말했다. 정혁은 미소의 말 속에 든 또 다른 의미를 전혀 몰랐다.

"근데 남친이랑 속초에 올 줄은 몰랐네. 거기다 통일 열차까지 타게 되고. 연애의 진수는 여행이라는데 그나저나…… 우리 속도가 너무 빠른 거 아닐까, 힛!"

미소의 어두웠던 얼굴이 금세 햇살처럼 빛났다. 통통 튀는 목소리만으로도 이번 여행에 대한 기대가 얼마나 큰지 알 수 있었다.

"속초 가 본 적 한 번도 없어. 속초뿐 아니라 서울을 벗어난 적이 전혀 없으니까. 그럴 여유도 없었고. 하, 근데 이렇게 버스 타고 너랑 여행을 가다니 꿈만 같다! 그리고 미소야, 우리 연애 속도가 빠른지 느린지 나한테 물어보지 마. 난 잘 몰라, 경험이 없으니까."

눈빛만 보아도 가슴이 뛰는 미소와 함께여서 의미가 더 깊다는 말은 아꼈다. 말을 뱉는 순간 진심이 날아갈까 두려웠다.

"내가 여행을 자주 갔던 것은 여유로워서가 아니라 도피였어. 엄마는 명절을 병적으로 싫어했어. 다른 집 가족들이 모여 북적대는 걸 보면 발작 증세를 보일 정도로. 엄마는 나와 단둘이 보내는 명절이면 더욱 외로웠대. 그래서 여행을 많이 다닌 거지."

미소가 무슨 말인가 더 하려다 말았다. 고지식한 정혁이 자신의 복잡한 내면을 눈치챌 리 없다는 걸 알기에.

수진은 고속버스에서 내려 기차역까지 가는 내내 말이 없었다. 긴장하면 말을 하지 않는 습관이 도진 것 같았다. 정혁은 미소 손을 잡은 채, 수진의 눈치를 보며 뒤따랐다.

처음 본 속초 역사는 거대한 성처럼 보였다. 영화에서 본 유럽 어느 도시의 플랫폼처럼 웅장했다. 이토록 근사한 건물이 속초에 세워졌다는 게 왠지 자랑스러웠다. 역사 안으로 들어서니 여행객들이 북적거렸다. 외국 여행객들의 모습도 간간이 눈에 띄었다. 색색의 등산복을 입은 젊은이들도 보이지만 나이 든 어르신들이 더 많았다. 삼삼오오 모여 수학여행 가는 학생들처럼 웃고 떠들고 있었다.

'저분들도 다 고향에 가는 걸까? 들뜬 얼굴을 보면 맞을 것 같은데.'

역사 곳곳에 에어컨이 작동되고 있었지만 사람들의 열기를 감당해 내지 못하는 듯, 한낮이 아님에도 찜통 더위였다.

수진은 모퉁이에 가방을 놓고 열차 시간을 확인한 뒤에야 얼굴이 펴졌다.

"물 좀 사 갖고 올게. 간식은 뭐 살까?"

수진이 매점을 가리키며 상기된 얼굴로 물었다.

"언니, 물만 사세요. 우리 엄마가 간식거리 한 보따리 싸 주셨어요. 언니에게 고맙다고요."

미소가 생글거리며 가방을 열어 보였다. 미소의 여행 가방이 먹을거리로 꽉 찼다. 과자는 물론 마른 과일 봉지며 사탕 등이 차곡차곡

쌓여 있었다. 한쪽 구석에는 김과 같은 마른반찬에 소시지 야채볶음까지 먹거리가 잔뜩이었다. 작은 슈퍼를 통째 미소의 가방으로 옮겨 온 것 같았다.

"와! 너 꼭 집 나온 사람 같다. 어마어마하게 싸 왔네!"

정혁이 큰 목소리로 외치자 주변 여행객들도 열어 놓은 가방을 슬쩍 들여다보며 웃었다. 수진은 가방 안의 물건을 살펴본 뒤 미소를 바라보며 말했다.

"미소야, 이 먹거리들 고향 동무들에게도 나눠 주면 좋겠다. 엄마께 정말 고맙다고 전해 줘."

수진은 미소를 향해 복사꽃처럼 환하게 웃으며 말했다. 미소는 비로소 마음이 놓이는지 가방에서 과자 봉지를 뜯어 수진에게 주었다.

"엄마가 정말 고맙다고 마구마구 싸는 거예요. 실은 우리 엄마도 북한에 가 보고 싶대요."

"엄마도 가시면 되지……. 누구나 마음만 먹으면 통일 열차 탈 수 있는 세상이 됐잖아."

"일단은 나부터 다녀오래요. 여행 작가는 많은 걸 보고 듣고 느끼는 게 재산이라고요. 여행 작가가 되고 싶었던 엄마의 꿈을 저에게 열심히 넘겨주는 중이거든요. 새 등산화도 사 주셨어요. 돌아다니려면 신발이 좋아야 한다면서요, 힛."

"엄마의 꿈이 여행 작가셨구나. 미소는 엄마가 확실하게 밀어 주시니 얼마나 좋아. 이렇게 개인 여비 듬뿍 들여 가며 통일 열차도 태워 주시고."

수진이 마냥 부러운 듯 말하자 미소의 얼굴에 살짝 그림자가 드리웠다. 그러나 아무도 알아차리지 못했다.

"그래도 과자는 좀 더 사야겠다. 나눠 주다 보면 부족할 수도 있으니까!"

수진은 말을 마치자마자 매점을 향해 달렸다.

"너희 누나 말이야, 까칠해 보이지는 않는데? 나 엄청 쫄았거든. 네 말만 듣고."

미소가 정혁을 툭 치며 농담처럼 말했다.

"나한테는 잔소리쟁이면서 다른 사람들한테는 천사처럼 구는 게 우리 누나 특징이야."

"야, 리정혁! 내 가방까지 끌고 플랫폼으로 나가. 곧 기차 올 거야."

매점 앞에서 양손에 검은 봉지를 든 채, 누나가 소리를 질렀다.

"봐, 내 말이 맞지?"

이번엔 정혁이 미소를 툭 치며 말했다. 둘은 픕, 웃고는 가방을 챙겨 플랫폼 쪽으로 걸음을 옮겼다.

열차를 기다리며 삼삼오오 모여 떠들던 사람들도 플랫폼으로 나갔다. 기찻길 옆 화단에 심은 채송화가 고개를 떨어뜨린 채 작별 인사를 했다. 철로가 녹아내리지 않을까 두려울 정도로 여름 햇살이 무지막지하게 뜨거웠다.

치이칙, 빠아앙!

드디어 기적 소리와 함께 통일 열차가 다가왔다. 사람들이 웅성거리며 기차에 올랐다. 미소는 넋을 놓고 열차에 그려진 그림과 글을 살폈다. '부산에서 블라디보스토크까지!' '고향으로 가는 열차!'라는 문구와 함께 통일 지도가 그려져 있었다.

지도 안에 다양한 사람들의 얼굴이 빼곡히 그려진 그림을 보니 정혁은 가슴이 뭉클해졌다. 미소는 정혁의 마음을 읽었다는 표시로 눈을 찡긋했다.

"진짜, 고향에 가는구나!"

수진과 미소가 먼저 올라 자리를 잡은 뒤 소리쳤다.

다행히 자리가 출입구 가까운 곳이라 안쪽으로 깊이 들어갈 필요가 없었다. 에어컨을 세게 틀었는지 실내는 한기가 들 정도로 추웠다.

"침대 열차네. 이 기차 타고 러시아까지 가는 사람들이 많은가 보다. 우리도 대학 가면 꼭 블라디보스토크까지 가자, 정혁아!"

미소가 소풍 나온 것처럼 들뜬 목소리로 말했다. 정혁은 미소와 함께할 미래를 상상하는 것만으로도 행복했다. 수진은 정혁과 미소를 보며 귀엽다는 듯 웃었다.

아빠의 선물, 붉은 오야주 나무

열차 안은 여행객의 열기로 가득했다. 빈자리가 없었다. 외국인들의 모습도 꽤 눈에 띄었다. 삼삼오오 짝지어 여행 가는 젊은이들도 보이지만, 사진기를 든 노부부도 있었다. 정혁은 얼마 전 방송에서 본 '전 세계 사람들에게 이슈가 된 통일 열차'라는 보도가 떠올랐다.

뉴스의 현장 속을 달리다니, 흥분과 기대감으로 가득 찬 정혁에게 미소가 한 손을 올려 상기된 목소리로 하이파이브를 청했다.

"고향 가는 열차를 남친과 함께! 짠!"

정혁은 침착한 척 손뼉을 쳤지만 심장이 가슴 밖으로 튀어나올 것처럼 두근거렸다.

옆자리에 앉은 아주머니가 정혁을 물끄러미 바라보더니 이내 떡을 건넸다.

"출출할 텐데 가래떡 하나 먹어들 봐. 옛날에 우리 영감이 좋아하던 떡이라 일부러 맞췄어. 쫀득쫀득하고 맛있으니까 먹어 봐요."

아주머니는 비닐봉지에 든 하얀 가래떡을 승객들에게 나눠 주었다. 정혁은 봉지를 받아 든 채 멍하니 주위를 살폈다. 바로 옆자리에 앉은 수진은 조용히 떡 봉지를 가방 안에 넣었다. 미소도 떡 봉지를 든 채 살짝 인상을 찌푸렸다. 요즘 식단 관리를 한다고 탄수화물은 잘 안 먹는 편이라 부담스러워하는 것 같았다. 정혁은 아주머니가 눈치채기 전에 미소의 떡을 빼앗다시피 가방에 넣었다. 정혁도 떡을 그리 좋아하지 않는다. 국경선 일대에서 '꽃제비' 생활하던 때가 생각나기 때문이다. 집 없이 떠돌면서 지내던 그때, 쓰레기통에서 건진 떡을 먹은 뒤 배앓이를 한 적이 있다. 그 뒤로 정혁은 떡만 보면 신트림이 났다. 위벽 속까지 깊게 각인된 아픔이자 상처였다.

"왜들 안 먹고 제사 지내나? 가래떡 싫어하나 보네……. 얼마나 쫀득하고 맛있는데. 내 고향에서는 명절에나 먹을 수 있는 귀한 음식이었어. 우리 어머니가 밤새 방앗간에서 기다렸다 가래떡을 빼 오시곤 했지……. 우리 영감도 가래떡만 보면 환장했지. 그래서 통일 열차 타기 전에 가래떡부터 뽑았는데, 천덕꾸러기구먼."

아주머니의 눈가가 젖어 오는 것 같았다. 수진이 아주머니를 달래려는 듯 가래떡을 꺼내 먹으며 말했다.

"고향 가세요? 아저씨가 가래떡 보면 좋아하시겠어요. 저희는 청진에 가요. 어릴 때 살던 곳인데……. 어떻게 변했을까 궁금해요."

"어머나. 여기서 고향 마을 이웃을 만나네! 반갑구먼. 난 무산이 고향이야! 어린 나이에 강을 건넜겠군. 젊은 나이에 고향 찾는다는 걸 보면……."

수진은 아주머니가 건넨 떡을 체할까 꼭꼭 씹어 먹으며 궁금한 걸 물었다.

"아주머니는 서울에서 혼자 사셨나요?"

"나 먼저 중국 장마당에 돈 벌러 갔다가 서울에 갔지. 온갖 허드렛 일 다 해서 모은 돈으로 브로커비 내고 두 아들 데려와 공부시키는 중인데, 병든 남편은 데려오지 못했어. 사죄하는 마음으로 가래떡 해 들고 통일 열차 탄 거지!"

아주머니는 말을 다 잇지 못하고 손수건으로 눈가를 훔쳤다. 수진은 조용히 아주머니의 손을 잡아 주었다.

"저희도 아빠 찾아가는 중이에요. 사정이 비슷하네요. 아저씨도 꼭 살아 계셨으면 좋겠어요."

마치 오랫동안 알고 지낸 사람처럼 서로 이야기 나누는 모습을 미소는 신기한 듯 물끄러미 바라보았다.

"진짜 고향 찾아가는 사람들이 열차를 많이 탄 것 같아……. 저마다 슬픈 사연이 많은 것 같고. 호기심으로 열차를 탄 사람은 나밖에 없나 봐. 근데 새벽에 나왔더니 피곤하다. 난 눈 좀 붙일게."

늘어지게 하품을 하던 미소는 금세 곯아떨어졌다. 잠든 미소의 얼굴을 보자 정혁은 왠지 섭섭했다.

'역시 미소는 고향을 찾는 나와는 다르구나. 미소랑 기차 안에서 내

가 심은 오야주 나무 이야기도 하고, 옛날 고향 얘기를 나누고 싶었는데……'

어느 봄날, 아빠는 난생처음 포상을 받았다며 기분 좋은 얼굴로 들어왔다. 한 손에는 과자 봉지가, 다른 한 손에는 흙이 묻은 나무 봉지가 있었다. 의외였다. 정혁이 태어나면서부터 산 집에는 작은 마당도 있고 뒤란도 있지만, 꽃이나 나무를 본 적이 없었다. 부모님은 새벽에 별 보며 공동 작업장에 나갔다가 캄캄한 밤에 들어왔다. 그러다 보니 집을 가꿀 여유가 없었다. 온 동네가 민둥산인 것처럼 집집마다 나무 한 그루 없이 삭막했다.

"이 나무가 말이야, 오야주 나무인데……. 종자가 아주 좋은 거라 해서 큰마음 먹고 사 왔어. 정혁이가 오야주를 좋아하잖아. 아마 내년쯤이면 빨간 오야주가 주렁주렁 달릴걸."

아빠는 온 동네 사람들이 들을 만큼 쩌렁쩌렁한 목소리로 말했다. 아빠 말은 맞았다. 이듬해부터 열린 오야주는 온 식구가 먹고도 남을 만큼 풍작이었다. 정혁은 학교에 갈 때마다 가방 가득 오야주를 따 갖고 가서 친구들에게 선심을 쓰곤 했다.

시큼하다고 얼굴을 찌푸렸다가도 금세 싱글거리며 맛있게 먹던 친구들의 모습이 떠오르자, 정혁은 별안간 온몸에 신맛이 감도는 느낌이었다.

'지금도 그 오야주 나무는 잘 자라고 있을까?'

아빠가 사 준 자전거도 눈에 아른거렸다. 정혁이 강을 건너기 전,

인민소학교에 들어간 기념으로 아빠가 사 준 자전거. 정혁이 방에 들여놓고 잘 정도로 아끼던 물건이었다. 이 모든 것을 두고 엄마가 보낸 브로커를 따라 집을 떠나던 날의 새벽안개가 떠올랐다. 그때 낯빛은 어둡지만 단호한 얼굴로 "너희라도 좋은 세상에 가서 잘 살라" 말씀하셨던 아빠였다.

'아빠, 꼭 살아 계셔야 해요. 지금 갑니다.'

차창 밖을 내다보며 회상에 젖은 정혁을 깨운 건 아주머니의 억센 말투였다. 가래떡은 모두 가방에 넣었는지 보이지 않았다.

"그나저나 고향에 갔다가 봉변 당하는 건 아닌지 몰라. 사람들이 날 보면 배신자라고 돌을 던질까 봐……. 걱정하느라 밤새 잠을 못 잤어. 그래도 남편 찾아왔으니 용서하겠지."

아주머니는 남을 전혀 의식하지 않고 큰 목소리로 말했다.

"고향 분들도 그렇고, 아저씨도 강을 건널 수밖에 없던 우리를 이해해 주지 않을까요?"

수진은 그러길 바란다는 투로 아주머니를 위로했다.

그때였다. 수진의 뒷자리에 앉았던 아저씨가 벌떡 일어나 냅다 고함을 질렀다. 썼던 베레모까지 벗어 든 채.

"배신자? 우리가 배신자라고? 우린들 정든 땅 등지고 죽음을 각오하면서까지…… 강을 건너고 싶었겠어? 고향에서는 도저히 살 수 없으니 떠난 걸……. 이제 와 돌을 던지면 안 되지. 암……. 아주머니, 걱정하지 마시고 당당하게 고향 땅 밟으시라요!"

술에 취했나 싶어 정혁은 아저씨의 낯빛을 살폈지만 그런 것 같지는 않았다. 아저씨의 고함에 열차 안이 술렁대기 시작했다. 비슷한 경험을 한 사람들이라 할 말이 많은 듯싶었다. 사연 없는 인생은 아무도 없을 터이므로.

"왜 이렇게 시끄러워? 다 왔어?"

잠자던 미소가 시끄러운지 눈을 뜨며 주위를 살폈다.

"잘 잤어? 곧 청진역이야. 사람들이 고향 가면서 이런저런 걱정이 많은가 봐. 넌 저 사람들 마음 이해 못 할 거야. 고향을 떠나 본 적이 없으니까."

"어머나. 무슨 말을 그리 섭섭하게 해? 내 가슴 열면 눈물이 열 바가지는 될걸. 보이는 것만이 다는 아니라고, 흥!"

정혁은 종알거리는 미소 앞에서는 절대 화를 낼 수 없다.

미소와 티격태격 이야기 나누다 보니 어느덧 청진역에 도착했다는 안내 방송이 나왔다. 수진과 아주머니는 어느새 가방을 들고 내릴 채비를 하고 있었다.

속초에서 기차를 탈 때도 설렜지만 고향에 다다르니 가슴이 더욱더 두근거렸다. 마치 몸속에서 뜨거운 열기가 용암처럼 솟아오르는 것 같았다.

"고향에 왔구나! 진짜로……."

정혁은 촉촉해진 눈가를 훔치며 혼잣말을 했다. 미소는 아직 잠이 덜 깬 듯 몽롱한 눈빛으로 어둑어둑해진 창밖을 내다보고 있었다.

"미소야, 이제 내리자. 얼른 짐 챙겨."

정혁의 말에 미소는 기지개를 켜며 무거운 가방을 정혁 앞으로 내밀었다. 정혁은 당연한 듯 큰 가방 두 개를 양어깨에 하나씩 둘러멨다. 기차가 멈추기 위해 서서히 달리다가 급브레이크를 밟는 듯 멈칫하는 순간이 많았다. 가방을 둘러메고 비스듬히 서 있던 정혁이 앞에 있는 아저씨에게 쏠린 건 한순간이었다. 뒤따르던 미소도 덩달아 넘어질 뻔했다.

"죄송합니다."

정혁이 정중하게 사과하자 아저씨는 너털웃음을 지으며 괜찮다고 호탕하게 답했다.

"허허, 꿈에 그리던 고향에 도착했다는 방송을 들으니······. 1분 1초가 억만 년은 되는 것 같아 일찍 서둘렀더니 문간에 사람이 많구만. 자네도 마음이 급한가 보네, 허허."

아저씨의 호탕한 웃음과 함께 빽빽이 서 있던 사람들도 흐뭇한 미소를 지었다. 다들 고향 땅을 밟은 감회에 젖어 뜨거운 눈물을 흘릴 것만 같은 표정이었다. 정혁은 눈가를 훔치는 누나를 곁눈으로 슬쩍 바라보았다. 역에 도착해 마지막으로 크게 울부짖는 기차 소리가 유난히 정겨웠다.

고향에 갔지만, 고향은 없다

청진 역사는 거대한 열차가 토해 낸 사람들로 순식간에 만원이었다. 수진은 함께 탄 아주머니와 함께 사람들 틈에서 정혁에게 손짓했다. 썰물처럼 사람들과 함께 밀려 밖으로 나오니 비로소 숨을 쉴 수 있었다. 땅거미가 진 시간인데도 여름의 공기는 후텁지근했다.

청진 역사는 새로 지은 건물답게 깔끔했다. 속초역 못지않게 웅장한 건물을 보니 감회가 새로웠다. 어릴 때 본 청진 역사는 그저 간이역에 불과했다.

"여기가 정말 네가 살던 동네 맞아? 그냥 엄마랑 남한 어딘가 여행 갔던 곳 같아. 북한 땅을 밟고 있다는 거지? 지금 내가 말이야! 정말 신기해!"

미소가 얼굴에 홍조를 띤 채 흥분한 목소리로 외쳤다. 정혁은 가슴이 후들거리고 떨려서 말이 나오지 않았다. 수진도 할 말을 잊은 사람처럼 멍하니 서서 두리번거렸다. 수진은 열다섯 살까지 청진에서 살았으니 정혁보다 더 청진의 변화를 실감할 터였다.

"일단 우리가 살던 동네에 가는 버스가 있는지 보자. 없으면 택시라도 타야지."

수진이 버스 노선도가 있는 곳을 가리키며 말했다. 정혁은 양손에 가방을 끌고 정류장으로 가는 인파 속에서 키가 큰 여학생과 눈이 마주쳤다. 어디선가 본 듯한 얼굴이었다. 하지만 쉽게 생각이 나지 않았다. 여학생도 뚫어질 듯 정혁과 미소를 쳐다보다, 생각이 난 듯 소스라치게 놀랐다.

"앗, 너 리정혁 아냐? 이럴 수가!"

여학생이 손뼉을 치며 큰 소리로 외쳤다.

"나, 향기야! 기억나지? 우리 하나원 동기잖아. 맞다! 너도 고향이 청진이라고 했지! 같은 기차 타고 왔나 보다. 와, 여기서 널 다시 만나네. 서울에서 그토록 연락해도 불통이더니."

그제야 정혁은 향기라는 이름이 생각났다. 하나원에서 교육받을 때부터 북한에서의 본명 대신 향기라는 이름을 썼던 동기다. 정혁도 그때 한국식으로 이름을 바꿀지에 대해 고민을 하던 차라 향기라는 이름이 인상에 남았다. 물론 그 후로 문자를 받기도 했지만 별다른 관심은 없었다.

"그래, 기억나. 향기 너는 혼자 왔어? 난 누나랑…… 여자 친구와 함께 왔는데."

"와, 정혁이 넌 여친도 사귀고 좋네! 그래서 내 문자 씹었구나!"

향기가 돌직구로 묻자 정혁은 당황스러웠다.

"아냐, 정신없을 때 문자 받고 답을 못 보냈네. 미안해."

정혁이 정중하게 사과하자 향기는 쿨하게 대답했다.

"아냐, 사람 마음이 억지로 움직인다고 되는 건 아니니까. 난 미용 공부하느라 바빠서 남친 사귈 시간도 없었는데……. 아무튼 반가워. 난 엄마 만나러 가는 중이야. 엄마 몰래 두만강 건넜거든. 통일되면서 연락이 닿아서 만나러 가는 길이야."

"향기 넌 좋겠다, 엄마랑 연락이 된 후 고향에 와서. 나는 아빠랑 연락이 통 안 돼. 그래도 살던 집에 가 보려고 왔어. 누나가 통일 열차 티켓을 받았거든."

향기와 신나게 이야기를 하는 동안 미소는 두 사람을 물끄러미 바라보았다. 고향 사람을 만난 듯 기뻐하는 두 사람 사이에 미소가 들어갈 틈이 보이지 않았다.

"우리 엄마가 차 갖고 나오셨대. 나 먼저 가 봐야겠다. 전화번호 그대로지? 나중에 내가 연락할게."

정혁은 엄마와 연락이 닿아 씩씩하게 떠나는 향기가 부러웠다.

"누나, 우리가 살던 동네가 그대로 있을까? 마을까지 가는 버스는 없는 것 같아. 동네 이름도 바뀐 것 같고."

버스 노선도를 훑어보던 정혁이 실망한 얼굴로 말했다.

"그러게, 워낙 농촌이라……. 그때는 버스가 한 대밖에 안 다녔는데 지금도 그런가? 처음 듣는 동네 이름뿐이네."

수진이 근심스러운 눈빛으로 말하자 가만히 지켜보던 미소가 휴, 한숨을 쉬었다. 새벽에 나오느라 잠도 못 자고, 오랜만의 기차 여행으로 미소는 몹시 피곤해 보였다. 평소 전혀 보이지 않던 다크서클이 땅거미처럼 내려앉은 상태였다. 무엇보다 청진역에 내리면서부터 무엇인가 불편한 기운이 미소를 휘감고 있는 것 같았다. 정혁은 미소 눈치도 보이고 교통마저 편치 않아 더욱 심란해지고 있었다.

"정혁아. 우리 엄마가 여행비 두둑이 줬어. 그냥 주소 갖고 택시 타자. 오늘 숙소도 못 정했잖아."

미소가 울상이 되어 말하자 수진이 미안한 얼굴로 말했다.

"여기서 택시 타면 너무 비쌀 텐데……. 난 당연히 버스가 있을 거라 생각했어."

미소는 언젠가 엄마와 유럽 여행을 갔다가 미아가 됐던 때가 떠올랐다. 불안이 스멀거리며 목까지 차올랐다.

"언니, 일단 택시부터 타요!"

미소는 더 망설이면 모든 게 엉망이 될 것 같았다. 그래서 서둘러 택시를 잡아탔다. 수진과 정혁도 못 이기는 척, 트렁크에 짐 가방을 싣고 택시에 올랐다. 수진이 갖고 있던 주소를 운전사에게 보여 주었다. 운전사는 백미러로 뒤를 보며 입가에 옅은 미소를 지었다. 횡재했다고 느끼는 것 같았다.

"누나, 완전히 시내 풍경이 바뀌었네. 어렸을 때 와 본 곳이라 기억이 가물거리긴 하지만 지금처럼 도회지는 아니었던 것 같아."

정혁이 조금 흥분한 표정으로 사방을 두리번거리며 말했다.

"청진은 북한에서 평양과 함흥 다음으로 발전한 도시고 지금은 러시아까지 가는 노선으로도 중요한 지점이니까…… 많이 발전했겠지."

고향 땅을 살피느라 정신없는 두 사람과는 달리 미소는 여유가 없었다.

"너희 동네는 여기서 얼마나 가야 하는데? 어딘지 제대로 알고 가는 거 맞아? 아까 동네 이름도 바뀐 것 같다며."

미소가 다그치듯 한꺼번에 많은 질문을 퍼부었다. 그제야 정혁은 머리를 긁적이며 긴장했다.

수진이 운전사에게 시간이 얼마나 걸리는지 물으니 40분쯤 가면 된다고 했다. 미소는 말없이 바깥 풍경을 바라보더니 느닷없이 말했다.

"난 북한은 남한과 완전히 다를 줄 알았어. 그런데 여기는 별 차이가 없네. 남한의 지방 소도시나 거의 비슷한 것 같아. 완전 깡촌인 줄 알았는데…… 네가 살던 동네도 마찬가질까?"

미소는 이상하게 불안하면서도 조바심이 났다. 왠지 늪으로 무작정 빨려 들어가는 느낌이랄까. 정혁과 수진이 아무런 준비 없이 고향을 찾은 것 같다는 생각이 들었다.

"내가 살던 동네는 정말 깡촌이었어. 전기가 들어오지 않는 마을이었거든. 두만강을 건너 중국에 갔을 때 가장 신기했던 게 휘황찬란한 불빛이었는데…… 지금은 청진도 정말 많이 발전한 것 같아. 아마 우리 동네도 그럴 거야."

운전사가 백미러로 자꾸만 흘끔거렸다. 뭔가 할 말이 있는 듯 끼어들 기회를 살피는 것 같았다. 수진은 바깥을 내다보며 입에 지퍼를 단 것처럼 침묵만을 지켰다. 갑자기 차 안이 고요한 물속에 잠긴 듯 정적이 흘렀다.

"동무들, 아니 손님. 남조선에서 왔습니까?"

운전사의 투박한 말씨가 택시의 좁은 공간에 울려 퍼졌다.

"맞아요. 남조선에서 새벽 밥 먹고 달려왔어요."

미소가 청아한 서울 말씨로 대답했다.

"말투로 보아 여기 사람도 있는 것 같은데……."

"맞아요. 고향에 왔습니다."

수진이 퉁명스럽게 한마디 던진 뒤 가방을 뒤적거리며 뭔가를 찾았다. 운전사는 더 묻고 싶은지 흘끔거리다 누나의 싸늘한 얼굴을 보자 조용히 운전만 했다.

30분쯤 지나자 농촌 마을이 나타났다. 농촌은 예전과 별로 달라진 게 없었다. 공동 작업장인 듯한 넓은 터에 우뚝 선 나무들이 보였다. 오가는 사람이 없어 썰렁한 동네 풍경도 비슷했다. 포장이 덜 된 길을 달리는지 택시가 자꾸만 덜컹거렸다. 마치 파도를 타듯 출렁거리는 느낌에 정혁은 속이 불편해졌지만 고개를 거의 내놓다시피 하고 밖을 내다보았다. 미소도 모든 게 신기한 듯, 마음에 북한 풍경을 담느라 정신이 없었다.

그때였다. 쨍그랑! 차 안에서 뭐가 깨지는 소리가 들렸다.

수진이 가방에서 꺼내 든 손거울이 택시가 흔들리는 바람에 떨어져 박살이 났다. 택시 바닥에 자잘한 유리 조각이 흩어졌다. 운전사가 고개를 돌려 일그러진 얼굴로 수진을 바라보았다. 수진의 얼굴이 붉게 물들어 갔다.

정혁은 당장 어떻게 해야 좋을지 몰라 누나를 망연히 바라보았다.

"어휴, 택시에 유리 조각이 쫘악 깔렸네. 카펫이라 전문 청소 업체에 가야 하는데……. 청소비 내라우!"

운전사는 기회를 잡았다 싶었는지 목에 힘을 주며 고함을 질렀다.

"얼마 더 드리면 돼요? 택시비 드릴 때 같이 드릴게요."

미소가 엄마처럼 차분한 목소리로 말했다. 미소의 말에 운전사는 머쓱한 표정을 지은 뒤 요금 미터기를 바라보았다.

"미소야, 네가 마치 우리 보호자 같다. 고마워."

정혁이 진심을 담아 미소에게 고마움을 전했다. 미소가 택시 요금을 내는 상황도 미안한데 거기에 청소비까지 내게 된 것이 영 마음에 걸렸다.

"다 왔습니다. 청소비는 조금만 받지요, 쩝."

미소는 택시 요금을 확인한 뒤, 꽤 많은 돈을 기사에게 건넸다.

"미안해, 미소야. 내가 나중에 갚을게."

수진이 어찌할 줄 모르며 미소에게 사과했다.

"어서 집에나 들어가요, 언니."

미소의 말에 수진이 성큼 앞장섰다.

세 사람은 택시에서 내려 조금 더 골목 안으로 걸어 들어갔다. 아담하면서도 전원적인 마을이 나타났다. 사위가 어둑했지만 그림엽서에 나올 만한 풍경임엔 확실했다. 오래된 회화나무가 일행을 반겼다. 우람한 몸통에, 꽃보다 더 예쁜 푸른 이파리로 뒤덮인 나무가 손을 흔들고 있는 것 같았다. 커다란 몸통이 세월의 더께를 말해 주었다. 정혁이 가방을 끌고 수진의 뒤를 따랐다. 미소는 실과 바늘처럼 정혁옆에 바싹 붙어 걸었다. 수진은 두리번거리느라 발걸음을 조금 늦추었다.

"마을에 별로 집이 없네. 진짜 깡촌이다……."

미소가 흙길을 걸으며 말했다. 눈앞에 보이는 모든 게 신기한 듯미소는 연신 감탄을 자아냈다.

"그러게……. 예전이나 별로 변한 게 없네……. 엇, 저기가 우리 집이야!"

미소는 정혁의 오른손 검지가 가리키는 곳을 바라보았다.

"어머, 저기가 너희 집이야? 얼른 가자."

미소가 뛰어가며 외쳤다. 정혁은 두근거리는 가슴을 억누르며 발걸음에 힘을 주었다. 수진도 마음이 급한지 다시 속도를 내어 뛰다시피걸었다.

'분명 내가 살던 집 맞는데. 묘하게 아닌 것 같아.'

폐가나 다름없는 집 앞에 서서 정혁은 한숨을 내쉬었다. 집 안에서 흘러나오는 어두운 기운이 심상치 않았다. 수진은 주먹을 꽉 쥐고, 흉흉한 집 안으로 먼저 들어갔다.

"고향에 왔지만, 고향은 없네."

혼잣말처럼 중얼거리는 수진의 작은 목소리에, 미소는 그만 소름이 끼쳤다.

사람 없는 마을

"누나! 여기 우리가 살던 집 맞아?"

마당에는 온갖 풀들이 자라고 서까래며 지붕들이 낡아서 금방이라도 주저앉을 것 같았다. 부엌은 아궁이 속이 쓰레기로 가득 찼고, 천장에는 주렁주렁 거미줄이 진을 치고 있었다. 집 안 어디를 보아도 거무튀튀한 게 사람이 살 만한 집은 아니었다. 아빠의 흔적 또한 눈곱만큼도 없었다. 집 안 곳곳을 둘러보던 정혁은 믿어지지 않는다는 표정으로 수진에게 물었다. 곁에 선 미소도 놀라움을 감추지 못했다.

"어머나! 정혁 너, 여기서 살았다고? 완전 폐가인데……. 이런 데서 어떻게 사람이 살아? 귀신 나올 것 같아. 잘못 찾아온 것 아냐?"

정혁은 그러잖아도 심란한데 미소가 눈치 없이 나서는 게 신경 쓰였다. 하지만 굳이 내색은 하지 않았다.

수진이 인상을 찌푸리며 입을 열었다.

46

"툇마루며 부엌이 그대로잖아. 집이 많이 낡긴 했지만……."

말을 마치자마자 수진이 성큼성큼 더 안쪽으로 들어갔다. 미소와 정혁도 말없이 뒤를 따랐다.

"계세요? 안에 누구 없어요?"

수진은 조심스럽게 물었다.

"아무도 안 계십니까?"

정혁도 소리쳤지만 안쪽에서는 아무런 대답이 없었다. 사람이 살지 않는 게 분명했다.

"아빠가 이 집에 그대로 사실 줄 알았는데……. 아무도 안 사나 봐. 아빠는 지금 어디 계신 거지?"

수진이 먼 하늘을 올려다보며 혼잣말처럼 내뱉었다. 그 말을 듣던 정혁은 콧등이 찡해졌다. 눈물이 떨어질 것 같아 고개를 뒤로 젖혀 하늘을 올려다보았다. 밤하늘의 별들이 유난히 반짝거렸다. 정혁은 별들이 자신을 반기는 것 같아 그나마 위로가 됐다.

오야주 나무가 궁금해 정혁은 뒤란부터 찾았다. 미소는 말없이 정혁의 뒤를 따랐다. 울타리가 무너져 경계선이 없어진 뒤란은 아수라장이었다. 깨진 장독이며 파란 플라스틱 바가지가 여기저기 나뒹굴었다. 아무리 눈을 씻고 보아도 오야주 나무는 없었다. 나무를 심었던 자리에 커다란 돌멩이가 놓여 있는 걸로 보아, 누군가 일부러 뽑아 버린 것 같았다.

"이 나무에서 따 먹던 오야주가 정말 맛있었어……. 학교에 가져

가면 애들에게 인기 정말 좋았어. 아빠가 큰맘 먹고 사 온 나무였는데……. 누가 뽑아간 걸까?"

멀뚱히 서 있는 미소에 정혁이 실망한 목소리로 말했다.

"맛있으니까 동네 사람이 캐 갔겠지……. 그나저나 우리, 오늘 밤 어디서 자? 이 동네에서는 숙소 찾기 힘들 것 같은데……."

미소가 길 잃은 아이처럼 조바심을 냈다.

"하룻밤쯤 아무 데서나 자면 어떻다고 그래?"

정혁은 자신도 모르게 퉁명스럽게 말했다.

"잠은 자야 할 것 아냐? 그래서 물은 건데 왜 화를 내냐?"

미소가 쌜쭉한 얼굴로 정혁에게 직격탄을 날렸다.

"난 여기서 아무렇게나 자도 돼. 누나도 그렇고……. 넌 이런 데서 자 본 적 없지? 난 서울 가기 전 국경선 일대서 쪽잠을 잔 적이 많아. 하늘을 이불 삼아 자다 새벽이면 이슬 세례를 받기도 했지. 넌 아마 상상도 못 할 테지만."

정혁이 극도로 예민해져 있다는 걸 미소는 금방 눈치챘다.

"아냐. 점점 밤은 깊어 가고 여긴 폐가라……. 걱정되어서 한 말이야. 아빠 찾으러 온 네가 더 실망일 텐데 미안해."

미소가 갑자기 풀이 죽은 목소리로 말하자 정혁은 더 미안한 마음이 들었다. 차라리 누나랑 단둘이 왔다면 덜 부담스러울 것 같기도 했다.

"미소야, 힘들지? 넌 괜히 따라왔나 봐. 볼 것도 없고 엄청 고생스러운데⋯⋯."

정혁이 진심으로 걱정된다는 듯 미소의 눈을 보며 말했다.

"난 너의 모든 것을 보고 싶어서 따라왔으니까. 걱정하지 마. 아빠 소식도 궁금할 테고 마음이 편치 않을 텐데 나까지 신경 쓰게 만들어서 미안해. 내일이면 아빠 소식도 알게 될 거야."

"일단 오늘 밤은 여기서 버텨 보자. 내가 준비해 볼게."

정혁은 분주하게 주위를 둘러보았다. 낡은 수도꼭지를 틀어 보았지만 허사였다. 신문지도 누런 봉투도 모두 먼지투성이라 깔고 잘 수가 없었다.

"정혁아, 여기 아빠 옷이 있네. 점퍼며 바지가⋯⋯."

안방에 들어가 벽장을 뒤지던 누나가 옷들을 마루로 가지고 나와 내놓았다. 모두 오래된 옷이라 넝마에 가까웠다. 정혁은 아빠를 만난 것처럼 반가웠다. 수진도 똑같은 마음인지 아빠가 입었던 검은 점퍼를 걸쳐 보았다. 전혀 감정 표현을 하지 않던 수진도 감격스러운 듯, 아빠의 옷을 연신 어루만졌다.

"아빠는 어쩌면 이 집에서 우리를 기다렸는지도 몰라. 아빠는 살아 계시겠지? 어딘가에서는."

수진은 그렁그렁 눈물이 맺힌 채 젖은 목소리로 말했다.

"언니, 아빠는 분명히 살아 계실 거예요. 내일 우리 같이 동네를 돌면서 아빠 소식을 알아보도록 해요."

미소가 제법 어른스러운 모습으로 수진을 달랬다. 수진은 점퍼를 벗으며 미소의 등을 살며시 어루만졌다. 그러고는 주방으로 가서 쓰러져 가는 찬장을 뒤졌다.

"어머나! 이것 봐. 밥그릇 세트가 그대로 있네. 엄마가 아빠 생신날 배급받은 쌀과 바꾼 그릇이잖아. 여기 주물로 만든 수저도 있네. 새까맣게 변했어도 그대로야. 아빠 건데……."

수진은 마치 아빠를 품에 안듯 수저를 가슴에 안았다.

"누나, 아빠는 분명 살아 계실 거야! 그치? 그래도 사람들이 어떻게 수저를 훔쳐 가지 않았을까? 오야주 나무는 캐 갔는데……. 내가 어릴 때 타던 자전거도 없고. 수저는 남이 밥 먹으며 쓰던 물건이라 가져가지 않은 건가."

정혁이 의아한 얼굴로 누나를 바라보며 물었다.

"아빠도 이 밥그릇과 수저를 아끼느라 안 썼나 봐. 찬장 깊숙이 숨겨 놓은 걸 밑창에서 내가 찾은 거야. 사람들 눈에 안 띈 거겠지……. 서울에서는 은수저가 흔한데, 아빠는 비싸지도 않은 이 수저를 아끼다…… 어딘가로 가신 것 같아……."

정혁은 병든 몸으로 춥고 배고픈 생활을 하셨을 아빠 생각에 따끔따끔 목젖이 아파 왔다. 아빠를 찾아 고향 집에 왔지만 아빠를 볼 수 없어 더욱 애가 탔다.

"정혁아, 미소하고 나는 안방에서 잘게. 너는 마루에서 자라."

수진이 마른걸레를 가져와 안방의 먼지와 마루를 대강 닦은 뒤 잠자리를 정해 주었다.

"미소야. 너 불편해서 어쩌냐. 날씨가 춥지 않아 다행이지만……."

정혁이 마른걸레질을 하며 미소를 챙겼다.

"잠옷은 아니어도 좀 편한 옷으로라도 갈아입어야 잘 것 같은데……."

미소가 난처한 표정으로 옷을 흔들어 보였다. 수진이 정혁에게 눈짓으로 나가 있으라고 했다. 정혁은 미소가 여러 면에서 신경이 쓰이면서도 고마웠다.

"여기는 북쪽이라 여름이어도 새벽에 추울지 모르니까 옷 많이 입어. 아프면 큰일 나. 병원 가기도 힘들어."

정혁은 마루로 나오면서 안방 문을 닫으려 했지만 소용없었다. 문짝이 고장 나 꼼짝도 하지 않았다. 정혁은 다시 뒤란으로 가 동네를 살폈다. 윗집에도 옆집에도 불빛 하나 없이 캄캄했다. 어릴 때 고향을 떠날 때와 변한 게 없어 보였다. 문득 어릴 때 공동 유아원에 다니던 친구 정순의 생각이 났다. 유아원에서 제일 예쁘던 아이. 갸름한 얼굴에 피부가 유난히 하얗고 동요를 잘 부르던 정순이 문득 떠올랐다.

미소를 만날 때도 마찬가지였지만, 어릴 때도 정혁은 소심한 성격이었고 정순이 더 활발했다. 정순은 정혁을 챙길 뿐 아니라, 집으로 돌아올 때도 먼저 손을 잡아 주곤 했다.

'내일 아침에는 정순이네 집에 가 봐야지. 정순이 부모님이 아빠 소식을 알지도 몰라. 가는 길에 고모네 집에도 들러 보고.'

옛 생각에 잠기다 보니, 정혁은 마음이 급해졌다. 밤이 후딱 지나고 어서 날이 밝았으면 좋겠다는 생각이 간절했다.

"정혁아, 나 옷 다 갈아입었어. 안 들어오고 밖에서 뭐 해?"

미소가 뒤란까지 찾아왔다. 미소의 걱정스러운 얼굴을 보자 죄지은 것처럼 얼굴이 화끈거렸다.

"아, 아무것도 아니야. 들어가자."

미소는 낡은 운동복을 입어도 예뻤다. 미소와 함께 고향에 왔다는 게 꿈만 같았다. 비록 집은 다 쓰러져 가고 아빠는 만나지 못했지만. 정혁은 미소와 마루로 들어가려다 마당에 놓인 기다란 낡은 의자에 걸터앉았다.

"미소야, 너는 가족과 헤어져 살아 본 적 없지?"

정혁은 미소가 늘 명랑하고 쾌활해서 당연히 그럴 것이라는 확신을 갖고 물었다. 그런데 미소가 정혁의 옆에 앉으며 아니, 하고 생전처음 어두운 낯빛을 비쳤다.

"왜 없어. 사실 난 태어나면서부터 아빠 얼굴을 보지 못했어. 넌 이렇게 멀리 아빠를 찾아오기라도 하잖아. 아빠 집안에서 결혼을 반대하는 대신, 나를 혼자 키우는 데 필요한 돈을 엄마에게 줬대. 엄마는 나한테 늘 명품 옷이나 신발을 사 주었어. 아빠에 대한 결핍을 그런 식으로 보상하려는 것 아닐까. 내가 신은 등산화도 그런 의미인 거야. 얼핏 보기엔 비싸고 좋기만 한 것 같은데 실은 그렇지 않아. 발이 좀 아프거든."

미소는 그런 이야기를 아무렇지 않게 했다. 정혁도 안다, 마음이 아플수록 더 씩씩한 척한다는 것을. 그래서 미소가 더욱 안쓰러웠다.

"미소야, 아플 땐 아프다고 말해도 괜찮아. 그나저나 새 신발 신으면 발 많이 아픈데…….."

정혁은 미소가 남다르게 느껴졌다. 동질감이랄까, 무슨 말을 해도 다 통할 것 같았다. 정혁은 조용히 미소의 손을 잡았다. 밤하늘의 별들이 축복의 노래처럼 우수수 쏟아져 내렸다.

"정혁아, 너에게 말하지 못한 게 또 있어."

미소가 폭탄선언이라도 할 것처럼 심오한 표정으로 정혁을 바라보았다.

"넌 생각보다 비밀이 많네. 괜찮아. 무슨 말이든 해!"

정혁은 미소의 출생에 얽힌 비밀을 듣고 충격이 아직 가시지 않았지만 아무렇지 않은 척 말했다. 미소가 어둠 속으로 사라질 것처럼 불안해 보여, 안심을 시키는 게 우선이었다.

"실은, 엄마의 할아버지가 한국 전쟁 때 월북하셨대. 엄마가 사랑했던 남자, 그러니까 아빠의 집안에는 공직자가 많대. 그래서 엄마 집안 사정을 알고 나자 무진장 반대한 거래. 그러니 엄마 혼자 나를 낳아 키운 거였고. 엄마는 보지도 못한 할아버지가 월북하셨다는 사실 때문에 많이 힘들었던 거 같지만, 그래도 너랑 북한에 간다니까 적극적으로 지원해 주셨어. 당장 걸려 있는 일들만 아니면 엄마도 같이 오고 싶다는 말도 그래서였어. 핏줄이 당기는 힘은 어쩔 수 없다면서."

미소가 어둠 속에서 독백하듯 집안 이야기를 털어놓았다. 정혁은 미소가 왜 선뜻 자기를 따라 여기까지 왔는지 비로소 이해되었다. 그런 미소가 더욱 친밀하게 느껴졌다. 정혁은 미소를 뜨거운 가슴으로 껴안았다.

"넌 아픔이 전혀 없는 사람인 줄 알았어. 근데 아빠 얼굴도 못 보았다니, 어떤 면에서는 나보다 더 많이 힘들었을 것 같아. 미안해."

정혁은 미소의 명랑함이 눈물의 결정체라는 생각이 들었다.

"야, 숨 막혀! 누나가 보면 어쩌려고!"

미소가 정혁을 밀치는 바람에 하마터면 정혁은 의자에서 떨어질 뻔했다. 엉거주춤한 자세를 한 두 사람이 푸하하, 하고 크게 웃음을 터뜨렸다.

"너희 컴컴한 데서 뭐 해?"

호랑이도 제 말을 하면 온다더니, 수진이 도끼눈을 뜨고 뒤란으로 나왔다.

"그, 그, 그냥 뭐, 옛이야기 좀 했어."

정혁이 당황해하며 말을 더듬었다.

미소는 민망한 마음을 감추려 얼른 방으로 들어와 자리에 누웠다. 한여름임에도 맨바닥이라 등이 시렸다. 천장에는 거미줄이 주렁주렁 매달려 불안했다. 나달나달해진 벽지 사이로 나오는 먼지 때문에 잠을 잘 수 없었다.

"불편해도 눈 좀 붙여."

뒤척이는 미소가 안쓰러운지 수진이 신문지를 덮어 주며 다독였다.

마루에 누운 정혁 역시 심란해 뒤척였다. 차라리 미소와 두런두런 밤하늘의 별을 보며 이야기를 나누고 싶었다.

뒤척이다 보니 까무룩 잠이 들었는가 싶었는데 어느새 동이 터오기 시작했다. 수진이 먼저 일어나 옷을 갈아입은 뒤, 미소에게 뭔가를 건넸다.

"물이 없으니까 일단 이걸로 닦아!"

미소는 수진이 건넨 물휴지로 얼굴을 닦으며 감탄사를 연발했다.

"어머! 언니 아니었으면 큰일 날 뻔했어요. 물휴지가 이렇게 요긴한 줄 몰랐어요. 한 장이 아쉽고 귀하네요. 서울서는 아까운 줄 모르고 마구 썼는데 말이에요."

정혁은 두 사람을 바라보며 민얼굴을 손으로 문질러 댔다. 물휴지 한 장이라도 아껴야 할 것 같았기 때문이다.

"얼른 다른 곳에도 들러 보자, 누나!"

정혁은 배낭을 짊어지고 미소의 가방까지 양손에 쥔 채 앞장섰다. 삭아 빠진 사립문을 나서자 온 동네가 한눈에 보였다. 이른 새벽이라 사람은커녕 개미 새끼 한 마리 보이지 않았다. 간간이 들려오는, 닭들이 몇 홰 우는 소리를 들으니 비로소 '사람 사는 동네'라는 느낌이 들었다. 미소는 정혁의 뒤를 따르면서도 연신 사방을 두리번거렸다.

아뿔싸. 정순이네 집도 사라졌다. 흔적조차 없는 정순이네 집터에는 우후죽순 돋은 잡초만이 무성했다.

"정혁아, 너 살았을 때와 많이 달라졌어? 내가 보기에는 지금도 너무나 시골스러운데. 아니, 솔직히 오지 같거든. 청진이라고 해서 읍내 정도는 될 줄 알았어."

"별 차이는 없어."

정혁은 길게 말하고 싶은 기분이 아니었다. 짧게 대답하고 부지런히 걸었다. 가난하고 헐벗은 고향의 속살을 미소에게 보여 주는 게 유쾌하지는 않았다. 정혁조차도 떠날 때보다 더 퇴보한 고향의 민낯이 서글펐다.

"미소야, 우리가 왜 강을 건넌 줄 아니?"

수진이 미소에게 불쑥 던진 말이었다.

"여기 살면 그대로 죽을까 봐 도망친 거야. 새벽마다 문 열고 나가면 밤새 배고파 죽은 사체가 여기저기 나뒹굴 정도였지. 나중에 죽은 사람들을 쌓아 놓은 채 공동으로 화장하는 광경을 보면 정말이지 끔찍했어. 난 그때 배도 고프지만, 너무 무서워서 학교에 못 갔어. 오죽하면 우리 엄마가 아픈 아빠를 두고 고향을 떠났겠니? 서울에서 자란 미소 너는 절대 모를 거야."

수진이 세상 다 산 노인처럼 지난 이야기를 하는 내내, 미소는 숨도 제대로 쉴 수 없었다. 남자 친구 정혁은 단 한 번도 이런 말을 한 적이 없었기 때문이었다. 충격이었다. 미소가 보기에 지금 자신이 밟고 있는 정혁의 고향도 너무나 황폐하고 문명의 혜택을 전혀 받지 못한 곳인데, 이보다 더 심했다니! 미소는 감히 짐작조차 할 수 없었다.

"누나, 그래도 난 어릴 때 여기서 동무들과 칡뿌리 캐 먹으면서 놀 때가 좋았어. 비석치기 하면 배고픈 줄도 몰랐고. 그때는 모두 가난 하니까 창피하거나 부끄럽지 않았거든. 근데 서울에서는 왠지 주눅이 들고 자신이 없었어. 자꾸만 비교하게 되고. 사람들이 날 거지 취급 하는 것 같기도 하고. 꽃제비 출신이라는 말로 비하할 때 고향을 떠 나 벌 받는다고 느낀 적도 있어."

정혁의 말에 미소는 콧등이 찡해 왔다. 마치 자신 때문에 정혁이 상처를 받은 듯해서 사과해야 할 것만 같았다.

"네 고향에 와 보니 진짜 네 모습을 알 것 같아. 대단해. 여기를 탈 출할 생각을 했다니. 네 어머니가 진짜 강한 거야. 서울에서 네가 받 았을 충격도 이해가 돼. 널 따라오기 잘한 것 같아."

미소는 먹먹한 가슴에서 우러나오는 대로 솔직히 자신의 생각을 이 야기했다.

"난 남한과 북한이 통일되어서 여기 상황이 많이 나아진 줄 알았 거든. 근데 힘든 지역이 아직 많은가 봐. 아직 시간이 더 필요한 걸 까……?"

"글쎄다, 모든 게 한 번에 바뀔 수는 없을 테니까. 그나저나 고모는 아직 그대로 계실까?"

수진은 분위기를 바꾸고 싶은 듯 빠른 걸음으로 앞장서며 말했다. 정혁도 마음이 조급한지 달리듯 빨리 걸었다. 드문드문 너와집들이 보이지만, 여전히 사람은 보이지 않았다.

앞장선 수진이 깊은 산속으로 접어드는가 싶더니, 우뚝 발을 멈췄다. 낡고 오래된 너와집 한 채가 쓸쓸하게 서 있었다.

"어머, 이 집에서는 그래도 사람 사는 온기가 느껴져."

미소의 말에 정혁은 흐뭇한 표정으로 미소를 바라보았다.

까악, 깍!

갑자기 까마귀가 서글프게 울부짖으며 날아갔다.

오해와 화해

이번에는 수진보다 정혁이 먼저 사립문을 열고 안으로 들어갔다. 봉당에 운동화와 구두가 각각 한 켤레씩 놓인 것으로 보아 사람이 사는 게 분명했다.

"고모님! 저, 정혁이예요."

"고모님! 안에 계세요?"

정혁과 수진이 자라목을 하고는 집 안을 들여다보며 물었다. 인기척이 전혀 느껴지지 않았다. 꽤 오랫동안 무거운 침묵이 흘렀다. 미소는 두 사람을 지켜보는 내내 애가 탔다.

세 사람 모두 봉당에 앉아 각자의 생각에 잠겨 있었다. 정혁과 수진은 초조한 얼굴로 안방 문고리를 쳐다보았다. 미소는 두 사람과 바깥을 간간이 살피느라 바빴다.

이른 새벽의 회색빛 안개가 걷히며 불빛을 닮은 해가 떠올랐다. 미소는 북한 땅에서 보는 아침 해가 반갑고 신비로워 말없이 한참을 쳐다보았다.

삐걱!

고요를 깨고 문이 열리는 소리가 들렸다. 세 사람은 불에라도 덴 듯, 일제히 일어나 문고리 쪽을 살폈다. 안방 문을 열고 나온 노인은 사람이 아니라 유령 같았다. 한 번도 손질한 것 같지 않은 거친 머리를 풀어 헤친 채, 눈빛이 퀭한 할머니가 서 있었다. 구부정한 자세의 할머니는 걷는 게 힘든지 지팡이에 몸을 의지한 채, 정혁과 수진을 뚫어지게 바라보았다.

"고모님! 고모님, 저예요. 정혁입니다."

"전 수진이에요. 못 알아보시겠습니까? 그동안 잘 계셨습니까?"

정혁과 수진이 고모에게 다가가며 다급히 물었다. 미소는 너무 놀라 입을 다물지 못했다.

"그러니까 느이가 남조선으로 도망간 배신자 자식들이라 말이지?"

까치 머리를 한 고모가 고함을 지르는 바람에 세 사람은 얼음 기둥이 되고 말았다.

"고모님, 어디 안 좋으십니까?"

"그 주둥이를 콱 찢어 버리기 전에 입 다물어! 네 어미는 안 왔나? 도둑년이니까 낯짝을 내밀 수 없나? 내 피 같은 돈 떼어먹고 남조선으로 날라 버린 년!"

대꼬챙이처럼 바싹 마른 몸 어디에서 그런 힘이 솟는지, 지팡이를 휘두르는 고모 눈에서 광기가 느껴질 정도였다.

"누나, 저게 무슨 말이야? 우리 엄마가 고모 돈을 떼어먹었어?"

"나도 처음 듣는 소리야. 설마 엄마가 그럴 리가."

"내 돈 갖고 온 거 아님 꺼져! 당장! 코빼기도 보기 싫으니까!"

미소는 느닷없이 닥친 사태 앞에 당황스러워, 할 말을 잃은 채 멍하니 서 있었다.

"고모님, 정말 보고 싶었습니다. 저희는 한시도 고향을 잊은 적 없습니다. 그래서 통일되자마자…… 달려왔어요. 화 푸세요."

역시 수진은 달랐다. 들짐승처럼 펄펄 뛰는 고모 곁으로 가 어린 아이 달래듯 부드럽게 말했다. 확 늙어 버린 고모는 인상을 쓰면서도 움찔하는 기미가 보였다.

'엄마가 아직 준비가 안 됐다는 말이 혹시, 고모님에게 드릴 돈을 말한 건가?'

정혁은 수진이 통일 열차 티켓을 타 온 날 엄마가 했던 말이 불현듯 생각났다. 엄마가 뭔가를 숨기는 듯했던 이유인가. 엄마가 아픈 비밀을 안고 살았다는 생각에 콧등이 찡해 왔다.

"맞아요. 엄마는 병든 할머니 돌보는 일 하느라 못 왔습니다. 간병인으로 돈 벌고 있습니다. 엄마가 빌린 돈 갚으려고 열심히 일하시나 봐요. 저라도 다음에 꼭 갚겠습니다. 노여움 푸세요, 고모님."

정혁이 두 손 모아 싹싹 빌면서 말했다. 곁에 있던 미소도 말없이 응원의 눈빛을 보냈다. 고모는 퀭한 눈을 번득이며 말했다.

"내 돈 가져와! 느이는 내 돈 갖고 남조선에 가 배불리 먹고 잘살았는지 모르지만 우리 집은 다 망했다. 고모부는 반동 집안이라고 보위부에 끌려 다니다가 피를 토하다 죽고……. 나도 동네 사람들 눈치 보여 집 밖도 맘대로 못 다니고 통일이 되어도 좋은 줄 모르고…… 생각만 해도 원통해서……. 흑흑."

고모는 소리를 지르다 끝내 엉엉 소리 내어 울었다. 오랫동안 가슴속에 쌓인 서러움이 봇물 터지듯 한꺼번에 쏟아진 것 같았다. 고모를 껴안은 누나도 소리 없이 눈가를 훔쳤다. 뜨거운 태양이 툇마루까지 내려와 앉았다.

"이거 부드러운 빵인데……. 고모님, 잡쉬 보세요. 저는 정혁이 친구예요. 이건 우리 엄마가 싸 준 선물이고요."

미소는 여행 가방을 열어 빵이며 초코파이를 한 아름 꺼내어 고모 앞에 내놓았다. 그뿐 아니라 엄마가 필요할 때 쓰라고 가방 깊숙이 넣어 준 순면 티셔츠 몇 장을 정성스럽게 건넸다. 정혁은 그런 미소가 더없이 예쁘게 보였다.

"일 없다! 이따위 남조선 썩은 선물에 혹해서 넘어갈 내가 아니야!"

고모는 미소가 건넨 빵이며 선물을 쓰레기 버리듯 마당으로 집어던졌다. 정혁은 폐허나 다름없는 먼지투성이 마당에 쏟아진 빵 봉지를 주우며 말했다.

"너무하십니다, 고모님. 옛날에는 우리에게 퐁퐁떡도 맛있게 해 주시고 우리 아빠에게는 엄마처럼 대해 주셨는데……. 아무리 엄마가 미워도 그렇죠."

정혁이 눈물까지 글썽이며 대들자 고모는 둑이 터지기라도 한 듯 그간 참았던 말을 쉼 없이 쏟아 냈다. 오랫동안 쌓인 한풀이 마당이 시작되었다.

"이깟 싸구려 옷으로 그 많은 세월 동안 흘린 눈물이 보상될 거라 생각해? 배고픈 건 참을 수 있어도, 반동분자로 낙인찍혀 당한 수모를 너희가 알아? 너희 아빠도 견디다 못 해 사라지고…… 나 혼자 죽지 못해 산 거……. 생각하면 치가 떨린다."

고모의 목소리가 처음보다는 훨씬 더 부드러워졌다. 미소와 정혁은 누가 먼저랄 것도 없이 양손을 모으며 기뻐했다. 옆에서 울고 있던 수진이 고모를 꼭 껴안으며 물었다.

"우리 아빠가 도망갔습니까? 아픈 몸으로 어디를 갔어요? 언제요?"

"말함 뭐해! 밤낮으로 그리 기침을 해 대더니. 죽더라도 마누라와 자식 찾다 죽겠다고……. 네 고모부 장사 지내 놓고 혼자 떠났지!"

수진은 고모의 말에 고개를 푹 숙인 채 말을 잇지 못했다.

"고모님, 그럼 형과 누나는 같이 안 삽니까?"

정혁은 어릴 때 고모네 사촌 형과 함께 산으로 소나무 껍질 벗겨 먹고, 찔레 따 먹으러 다니던 생각이 나서 조심스레 물었다.

"자식도 다 소용없어. 아들놈도 딸년도 중국으로 돈 벌러 나간 뒤로 죽었는지 살았는지 감감무소식이야……. 자식들이 보이지 않는다고 보위부에서 어찌나 달달 볶던지. 오죽하면 건장하던 양반이 하루

아침에 피를 토했겠어?"

고모는 언제 화를 냈냐는 듯, 그저 불쌍한 노인처럼 하소연을 늘어놓았다. 정혁은 그런 고모를 깊은 연민의 눈으로 바라보았다.

"고모님, 정말 힘드셨겠어요. 그래도 우리 엄마가 싸 준 선물이니까 받아 주세요. 우리 엄마도 저 혼자 낳아 키우느라 고생 많이 하셨어요. 증조할아버지가 월북했다는 것만 알고 어디에 사시는지 아무것도 모른대요. 그래서 저라도 먼저 북한 땅을 밟아 보라고 이렇게 선물을 싸 주신 거예요. 이거 최고급 면이에요. 싸구려 아니고요."

미소가 무거운 분위기를 바꿔 보려 온갖 애교를 다 부렸다. 고모는 처음으로 미소를 관심 있게 바라보았다.

"증조할아버지가 여기에 살아?"

"저는 잘 몰라요. 전쟁이 끝날 즈음 할아버지 혼자 북으로 올라가셨다는 것밖에는요. 엄마가 집안 사정 때문에 많이 힘드셨대요."

"이쪽이나 저쪽이나……. 그놈의 이념 때문에 난리가 아니네……. 그나저나 정혁이 네가 어느새 이렇게 커서 여자 친구까지 데려오고."

"고모님, 미소 예쁘죠? 히힛……."

미소의 애교에 봄눈 녹듯 고모의 마음이 풀린 것 같아 정혁이 너스레를 떨었다. 고모는 일부러 대답을 피하듯 자리에서 일어나더니 잠시 후 낡은 쟁반에 물병과 컵을 들고 왔다.

"줄 게 아무것도 없어. 목마르니까 물이랑 같이 먹어. 저 빵은 내가 먹지, 뭐! 맛있어 보이네. 서울에서 만든 빵이구먼."

고모는 자기가 버렸던 빵을 집어 허겁지겁 먹었다. 백 년은 굶은 사람처럼 보여 측은했다.

"고모님, 그 빵 잡숫지 말고 이거 드세요. 근데 고모님은 마음도 약하면서 괜히 화내시느라 힘드셨겠다, 히힛."

미소가 고모 손에 들린 빵을 뺏고 든든한 간식거리를 챙겨 주며 농담을 건넸다. 고모는 그런 미소가 귀엽다는 듯 인자한 얼굴로 바라보았다.

"지낼 곳은 있나?"

"저 고모님, 그래서 말인데요……. 저희 며칠만 여기서 재워 주시면 안 돼요?"

미소가 불쑥 고모에게 물었다. 고모는 픽, 웃을 뿐 말이 없다가 불쑥 이렇게 말했다.

"제대로 사람 사는 데 가서 지내야지."

그러자 미소가 정중히 고모님에게 부탁했다.

"여기도 좋은걸요. 머물 만한 데가 마땅히 없기도 하고……. 있는 동안 아빠 소식 좀 찾아보려고요. 주민 회관에도 가 보고 다른 어르신들도 만나 볼게요."

수진의 진심에 고모님이 고개를 끄덕였다. 고모에게 꾸벅 인사한 뒤 정혁은 가방을 건넛방으로 옮겼다. 미소에게 살짝 눈짓을 해서 조용히 방으로 불렀다.

"고모님, 마음이 약하신 분 같아. 그나저나 다행이다, 잠잘 곳이 생겨서. 너네 집은 좀 심란했는데 고모님 댁은 그래도 낫네……."

미소가 훨씬 여유로운 목소리로 말했다. 정혁도 당장 넘어야 할 산은 넘은 셈이라 마음이 놓였다.

"미소 네 덕분에 고모님 얼음장 같던 마음이 풀렸어. 다행이야. 진짜 널 데려오길 잘한 것 같아."

정혁이 미소의 볼에 살짝 입술을 대며 속삭였다. 미소는 싫은 척 밀쳐 냈지만 얼굴이 발개지고 말았다.

정혁과 미소는 서로 등을 돌린 채 각자 편한 옷으로 갈아입고 다시 밖으로 나왔다.

"고모님, 저도 옷 갈아입고 청소 좀 할게요. 정혁아, 너 옷 갈아입었으니까 걸레 좀 빨아."

수진이 팔을 걷어붙이며 정혁에게 말했다. 정혁은 집 안에 있는 걸레 모두를 갖고 나와 수돗가에서 빨았다. 미소는 온통 거미줄투성이인 집 안 곳곳을 둘러보며 물었다.

"너희 아빠는 어디 계실까? 나도 너랑 공동 마을 회관에 가면 할아버지 이름도 찾아봐야지. 별로 만날 가능성은 희박하지만 그래도……."

"얼른 청소하고 밖에 나가 보자."

정혁은 마음이 급해졌다. 윗동네에 사시던 아빠 친구를 찾아가면 소식을 들을 것 같기도 했다. 수진은 운동복 바지가 흘러내리는 것도 모른 채 구석구석 먼지를 털어 내느라 바빴다. 콜록거리면서도 부지런히 손을 움직였다.

"휴! 그래도 니들이 내 한숨을 털어 주네."

고모는 작은 함지박에 옥수숫가루를 내오며 말했다.

"장마당도 못 나가 비상식량으로 남겨 놓은 것이라곤 이것뿐이네. 꼬장떡 해 줄 테니 대충 해라. 그깟 다 무너져 가는 집구석 닦아 봤자 빛도 안 나."

"와! 꼬장떡요? 엄마가 밥솥 가에 옥수수 반죽 붙여서 쪄 주던 그 떡요? 고소하고 맛있었는데. 날래 먹고 싶습니다!"

정혁은 일부러 과장된 목소리로 고모님의 기분을 맞추려 애썼다. 고모님의 얼굴에 복사빛 미소가 살짝 스쳐 갔다. 북한에 와 처음으로 보는 고모님의 웃음에 십 년 된 체증이 내려가는 것 같았다. 수진도 모처럼 하늘을 보고 웃었다.

"이제 북한 땅 제대로 구경해 봐야겠다!"

미소가 얼굴의 땀을 닦으며 진짜 여행객처럼 말했다. 푸르게 맑은 하늘에 갑작스레 검은 구름이 밀려들고 있다는 사실도 모른 채.

뜻하지 않은 폭우

후드득. 후드득후드득.

새벽부터 지붕 위로 떨어지는 빗소리에 정혁이 잠에서 깼다. 지붕에서 뚝뚝 물이 떨어지는 바람에 방바닥이 빗물로 흥건했다. 고모는 마른 헝겊으로 바닥을 닦느라 정신없었고, 수진과 미소도 일어나 비 내리는 모습을 쳐다보았다.

"늦장마가 시작되려나! 가물어서 곡식이 시커멓게 타들어 갈 때는 한 방울도 내리지 않더니. 쓸데없을 때는 꼭 비가 억수로 쏟아진다니까."

고모가 연신 헝겊으로 물을 짜내며 말했다. 부엌은 이미 한강이었다. 몇 개 안 되는 그릇들이 둥둥 떠다니고, 아궁이에 타다 남은 장작들도 제멋대로 나뒹굴었다.

"비가 이렇게 많이 오면 어떡해? 이제 좀 본격적으로 북한 구경 좀 하려고 했더니…….”

미소가 툇마루에 서서 하늘을 올려다보며 탄식했다. 밤새 잠도 제대로 못 잔 채 비를 맞아 미소의 입술이 시퍼렇게 변해 있었다.

“가방에서 옷 좀 꺼내 입어. 젖지 않게 가방 단속도 하고……. 여기서 늦장마를 맞으면 안 되는데, 큰일이다.”

정혁은 갑자기 어릴 때 생각이 났다. 동네의 병풍이나 마찬가지인 뒷산에 나무가 없어, 비가 조금만 내려도 산사태가 났다. 그럴 때마다 마을 주민들은 피난민처럼 집을 떠나 살아야 했다. 공동 체육관이나 공공장소에 모여 사는 게 얼마나 고역인지 경험해 보았기 때문에 절로 몸서리가 쳐졌다.

“고모님, 이러다 정말 또 피난민 되는 거 아닙니까?”

정혁은 다락에서 냄새 풀풀 나는 낡은 헝겊을 꺼내 바닥을 닦으며 고모 얼굴을 쳐다보았다.

“걱정이네. 지금은 피난 갈 곳도 없어. 통일이다 뭐다 나랏일로 들썩이느라 공공 일터나 공동으로 모이던 곳이 모두 없어졌잖아. 여기서 꼼짝없이 물에 빠져 죽는 건 아닌지……. 어서 뒤꼍에 가서 물고랑을 살펴야겠어!”

고모가 쇠꼬챙이를 들고 뒤꼍으로 가는 사이, 빗소리가 더욱 거세게 들렸다. 정혁은 혹시라도 고모가 물살에 휩쓸려 갈까 봐 걱정되어 서둘러 따라나섰다.

소낙비가 세차게 내리는 데다 안개까지 뿌옇게 껴서 눈앞이 하나도 안 보였다. 청진이 바닷가라 비만 오면 생기는 현상이었다. 습도까지 높아서 불쾌지수가 하늘을 찔렀다.

미소도 잔뜩 인상을 쓴 채 가방을 쌌다. 정혁은 미소의 눈치가 보였다. 괜히 고생시키는 것 같아 미안했다. 수진은 멀뚱히 서서 한숨만 푹푹 내쉬었다. 불길한 생각이 스쳤다. 엄마 생각이 불현듯 났다. 정혁은 여행 가방에서 전화를 꺼내 급히 눌렀다. 아예 신호조차 가지 않았다. 남한에서는 고향에 가도 전화가 연결될 것이라 믿었는데 아닌 듯싶었다. 명목상 통일은 됐지만, 하나가 된 것이 아무것도 없다는 사실을 실감하는 순간이었다.

"전화 안 되지? 나도 계속 엄마에게 전화하는데 완전 먹통이야. 엄마가 몹시 궁금해하실 텐데……. 우리 이러다 무슨 일 당하는 거 아닐까? 강을 건너 남조선에 간 걸 꼬투리 잡아서 말이야."

수진이 불안한 눈빛으로 말했다. 정혁은 그런 누나를 보며 적잖이 놀랐다. 두만강을 건널 때도 가장 담담했던 사람이 누나였다. 그뿐만 아니었다. 중국을 거쳐 제3국을 향해 가는 죽음의 길 위에서도 절대 힘들다는 말을 뱉지 않던 누나였는데, 지금은 무척 초조하고 불안해하고 있다니 의외였다.

"통일되기 전에 그 모든 것들에 대해 합의했잖아. 걱정하지 마, 누나. 그런 문제가 해결되지 않았으면 남한에서 우리를 여기까지 보내주겠어? 얼른 아빠 소식이나 알아야 할 텐데 꼼짝 못 하게 생겼으니 그게 걱정이네."

평소와는 달리 정혁이 수진을 위로하려 안간힘을 썼다.

미소도 곁에서 힘을 보태 주었다.

"역시 정혁이는 사나이 맞네! 언니, 통일은 모든 걸 용서하고 감싸 준다는 전제 아래 이뤄진 거잖아요. 그래서 우리도 통일 열차를 탄 거고요."

가방 정리를 끝낸 미소가 애써 밝은 목소리로 말했다.

새벽이 지나고 날이 여명이 밝아 오는데도 비는 그치지 않았다. 오히려 더 많이 쏟아졌다. 하늘에 구멍이라도 난 것처럼 억수로 쏟아졌다. 온 동네가 물안개에 휩싸여 한 치 앞도 보이지 않았다.

"아구구, 담벼락이 무너지게 생겼네! 정혁아!"

고모가 다급하게 외쳤다. 누가 먼저랄 것도 없이 정혁과 수진과 미소는 뒤꼍으로 부리나케 달려갔다. 물이 부엌으로 더는 스며들지 못하게 연신 물을 퍼내던 고모가 공포에 떨며 서 있었다. 붉은 물살이 돌담을 무너뜨리고 넘어왔다. 거칠게 다가오는 물살은 붉게 타오르는 활화산보다 더 무서웠다.

"빨리 피해! 어서 가방 들고 마을 공동 회관으로 가자!"

고모의 다급한 목소리만큼이나 붉은 물결은 거칠게 몰아쳤다. 순식간에 온 집 안이 물속에 잠겼다. 허리까지 물이 차자 미소가 겁에 질린 얼굴로 여행 가방을 머리에 이었다.

"정혁아, 어떻게 이럴 수 있지? 어떻게 비가 이렇게나 많이 내려? 비가 이토록 무서운 줄 몰랐어."

"일단 어서 나가자, 미소야. 지금 진짜 위험해."

고모는 나가다 말고 다락에 가더니 숨겨 놓았던 귀중품인 듯 보따리 몇 개를 꺼냈다. 그러고는 서둘러 바깥으로 나갔다. 동네도 어디를 보나 물바다였다. 청진 앞바다 물이 넘쳤나 싶을 정도였다. 사람들의 행렬이 줄을 이었다.

처음 마을에 들어설 때는 한없이 조용하더니 제법 많은 사람이 비를 피해 모여들고 있었다. 정혁은 보따리를 짊어진 퀭한 눈빛의 아저씨를 보자 아빠 생각이 나서 그쪽으로 바싹 다가갔다. 하지만 얼굴을 쳐다보는 순간 절로 한숨이 나왔다. 앞장서 걷던 수진도 연신 아저씨들의 얼굴을 살폈다. 길 위에서 혹 아빠를 만날지도 모른다는 기대는 정혁이나 수진이나 매한가지였다.

"이 많은 사람이 다 어디서 나온 거야? 근데 모두 옛날 영화에 나오는 사람들 같아."

미소가 지나가는 사람들을 바라보다 한마디를 뱉고 말았다.

"조용히 해. 사람들이 들으면 기분 상하잖아."

정혁은 미소의 입에 손을 갖다 대며 어린아이 타이르듯 달랬다. 미소는 미안하다는 뜻으로 정혁의 허리를 꼭 안아 주었다. 비에 젖은 옷 사이로 느껴지는 맨살의 촉감이 따뜻했다.

"통일되면 북한 사람들도 금방 잘살게 되는 줄 알았는데……. 별로 달라진 게 없는 것 같아. 그나저나 비가 너무 많이 온다……. 우리 이제 어떡해? 어디 들어가 있을 데나 있으려나? 나…… 찝찝해서 죽을 것 같아."

미소가 끝내 불편한 마음을 숨기지 못하고 털어놓았다. 그러면서도 사람들의 행렬을 따라 마을 공동 회관을 향해 걸었다. 아니, 걸을 수밖에 없었다. 거센 비로 인해 온 마을이 휩쓸려 내려갈 위기에 놓였다. 황토색 물살이 허리까지 차자 정혁은 위기감이 목구멍까지 올라왔다. 어린아이를 안고 업은 아낙네의 처참한 모습을 보자 정글 안에 갇힌 것처럼 두려웠다.

간신히 마을 공동 회관에 다다랐지만 회관 안은 이미 만원이었다. 임시로 컨테이너를 마련해 놓은 곳도 꽉 찼다. 비를 맞은 채, 서성이는 사람들이 차고 넘쳤다. 전쟁터를 방불케 했다.

정혁은 절망스러운 상황 앞에서 어찌할 줄 몰랐다. 특히 젖은 옷을 입은 채 불안에 떨고 있는 미소를 보는 것이 힘들었다. 고모는 일행 중 유일한 어른이지만 의지할 수 있는 대상은 아니었다. 오히려 수진의 팔에 매달린 채 눈치를 보는 고모의 모습이 애처로웠다.

비는 지칠 줄 모르고, 하늘에서 양동이로 물을 퍼붓는 듯 쏟아져 내렸다.

'브로커를 따라 두만강을 건널 때만큼 두렵다. 미소랑 여기서 잘못되면 안 되는데. 어쩌지.'

정혁은 비 맞은 참새처럼 떨고 있는 미소를 쳐다보며 깊은 생각에 잠겼다.

뭐라도 해야겠다는 생각에 정혁은 사람들 틈새를 비집고 다니며, 머물 자리를 찾았다. 사람들은 겨우 잡은 자리를 빼앗길까 두려워 화장실도 꾸역꾸역 참는 듯했다. 병든 어르신들은 금방이라도 숨이 멎을 듯 끙끙 앓았다. 우왕좌왕 아수라장 속에서 누가 정혁을 소리쳐 불렀다.

"정혁아! 야, 리정혁! 여기 웬일이니?"

고개를 돌려보니 뜻밖에도 향기였다. 청진역에서 헤어진 향기를 여기서 만나다니. 정혁은 구세주를 만난 것처럼 반가웠다. 향기는 폭우와 전혀 상관없는 곳에서 온 듯 보송보송한 모습이었다.

"어, 향기야. 어쩐 일이야? 여기가 너희 동네야?"

"엄마가 이곳 공동 마을 회관의 센터장님이셔. 엄마 도와드리려고 잠깐 나온 거야. 여기 자리 있으니까 자리 맡아. 어르신도 계신 것 같은데."

향기가 수진과 고모를 향해 손짓했다. 정혁이 얼른 가서 일행을 데려왔다.

"향기 어머니가 여기 센터장님이래요. 고모님, 우선 여기에 앉으세요."

얼마나 마음이 급했는지, 정혁은 향기를 소개하는 것도 생략한 채 고모를 모셨다. 고모는 어기적거리며 걸어와 자리를 보자마자 팔다리를 뻗어 큰대자로 누웠다. 다른 사람들에게 자리를 빼앗기지 않으려는 생존 의지가 극렬하게 치솟는 것 같았다.

수진은 향기에게 고맙다는 말 대신 연신 고개를 조아렸다. 사람들

은 고모가 누워 있는 모습을 부러운 눈길로 바라보았다. 정혁은 고맙
다는 말 대신 향기의 손을 잡으며 말했다.

"너한테 이렇게 신세 질 줄 몰랐네. 고마워, 향기야."

"됐어. 엄마가 회장이니까 할 수 있는 거지. 어디 가던 길이야?"

"아빠 찾으러. 근데 소식도 통 알 수 없고, 아무래도 그냥 서울로
돌아가야 하나 싶어. 그나저나 폭우 때문에 걱정이네."

향기랑 이야기를 나누는데 갑자기 돌고래처럼 몸집이 큰 아주머니
가 나타났다. 향기의 엄마였다. 정혁은 정장 차림을 한 향기 엄마의
뚫어질 듯 강렬한 눈빛을 마주하는 것만으로도 위압감을 느꼈다.

"엄마, 남조선 하나원 동기야. 이번에 통일 열차 타고 같이 왔어."

향기가 정혁과 수진을 소개하는데도 향기 엄마는 눈길조차 주지
않았다.

"그렇게 남조선 이야기는 입조차 열지 말랬더니, 뭐? 하나원 친구?
일 없으니까 어서 가자."

엄마의 말에 향기는 끌려가는 소처럼 차에 올랐다.

"정혁아, 우리 서울에서 다시 연락하자."

향기는 엄마의 자동차에 올라서도 연신 뒤를 돌아보았다. 빗물 때
문에 창문이 뿌옇게 변해 아무것도 보이지 않았다. 거리에는 자동차
몇 대만 기어 다닐 뿐, 오가는 사람들이 별로 없었다. 점점 더 거세지
는 빗줄기에 두려움이 몰려왔다.

향기의 우정

"정혁이는 괜찮을까? 기차표라도 끊어 주고 올걸."

향기가 차 안에 앉아서도 발을 동동 굴렀다. 빗길에 미끄러질까 조심히 운전하던 엄마가 버럭 소리를 질렀다.

"아직도 정신 못 차렸구나. 네 앞가림이나 잘하라니까! 그깟 남조선에서 온 처자들 걱정할 때가 아니야. 연신 말하는 거지만 넌 중국으로 유학을 다녀온 거야. 다음 달에 당 위원장 발표날 때까지 찍소리도 하지 마. 너 때문에 엄마가 탈락하면 안 되니까! 알겠어?"

향기는 고향에 왔으나 꿈속에 그리던 엄마가 아닌 것이 서글프기만 했다. 늘 쫓기듯 살고 누구에게나 명령하듯 말하는 엄마가 낯설고 두려웠다. 다정했던 예전의 엄마가 아니었다. 무엇이 평범하고 순수했던 엄마를 저토록 변하게 한 것인지, 향기는 그런 생각을 하다 자꾸 마음이 슬퍼졌다.

"엄마, 정혁이가 많이 걱정돼요. 아무도 없는 남조선에서 정혁이를 만나 얼마나 위로가 됐는데요. 우리는 송아지 친구 만난 것처럼 즐겁게 이야기를 많이 나누었다고요. 수진 언니도 나에게 친언니처럼 다정했고요. 그때 정혁이랑 수진 언니를 만나지 않았다면 난 향수병에 걸려 죽었을 거예요. 아무도 없는 남조선 땅에서 혼자 버틴다는 게 얼마나 힘든지 엄마가 몰라서 그래요. 정혁이는 그때 힘이 되어 준 유일한 동문데……. 이렇게 비가 억수로 쏟아지는 벌판에 두고 왔으니, 벌 받을까 걱정이에요."

향기가 울먹이며 말을 해도 엄마는 찬바람이 날 정도로 냉정했다.

"그만! 너랑 실랑이 벌일 시간 없어. 이렇게 위급한 상황에 내가 자리를 비운 걸 당에서 알면 큰일이야."

엄마는 최대한 속력을 냈다. 향기는 지금의 상황이 꿈만 같다. 좋은 꿈이 아니라 슬픈 꿈. 통일됐다지만 결코 통일의 기운은 없었다. 북에 와서 엄마를 다시 만나면 행복하고 달콤한 나날을 보낼 거라 생각했는데 오히려 정반대였다. 전보다 더 숨이 막히고 답답하고 안타까운 일상이 이어지는 것만 같았다.

오래전 향기가 중국 장마당에 장사하러 나갈 때와도 너무나 달라졌다. 향기는 차마 엄마의 손을 잡을 수 없었다. 완전 다른 사람처럼 불안정해 보였기 때문이었다.

향기가 남조선으로 가게 된 것도 중국 조선족 식당에서 만난 브로커의 말 때문이었다.

"남조선에 가면 다른 건 몰라도 하고 싶은 공부는 맘껏 할 수 있다."

그 말이 향기의 마음을 움직였다. 공부만 할 수 있다면 두려울 게 없었다. 아빠가 탄광 일을 하다 돌아가시고 난 후로 향기네 집은 끼니조차 잇기 힘들었다. 엄마가 공동 일터에 나가 벌어 오는 돈으로 근근이 살아갔다. 할 수 없이 어린 향기가 중국 장마당에 돈 벌러 나갈 수밖에 없었다. 엄마는 그 당시의 상황을 애써 모르는 척하는 것 같았다.

"통일이 되면 고향의 가난하고 칙칙한 분위기가 바뀔 줄 알았어. 근데 내가 떠날 때와 별로 바뀐 게 없어. 엄마만…… 다른 사람이 됐을 뿐."

향기는 답답한 마음을 독백처럼 쏟아 냈다. 운전에 몰두한 엄마에게 무슨 말을 해도 소용이 없다는 것을 알기에.

기차역에서 정혁과 헤어져 집으로 돌아올 때만 해도 향기는 무지갯빛 환상에 젖어 있었다. 엄마가 혼자 힘으로 당원이 됐을 뿐 아니라 마을 회장이 됐다는 것도 신기했다. 향기는 자신이 죽음을 무릅쓰고 남조선에 간 사이 엄마에게 있었던 일이 궁금했지만 특별한 일은 없을 거라 믿었다.

하지만 무슨 까닭인지 엄마는 향기가 남조선에서 왔다는 사실을 감추는 것만 급급할 뿐 그 어떤 질문도 못 하게 했다. 향기가 남조선에서 있었던 이야기도 전혀 관심이 없어 보였다.

"멍하니 앉아 있지 말고 내려. 엄마 일 방해하지 말고, 저기 앉아서

도울 일 있으면 솔선해서 나서고.”

향기는 엄마의 말에 화들짝 놀라 차에서 내렸다.

엄마는 안으로 부리나케 들어가고 있었다. 향기는 엄마를 따라 들어가며 하늘을 올려다봤다. 비는 여전히 그칠 줄 몰랐다. 온 동네가 비에 휩쓸려 내려갈 것만 같았다. 향기는 정혁과 정혁 고모, 수진이 걱정되어 먼 하늘을 바라보았다. 불현듯 정혁의 여자 친구 얼굴이 떠올랐다.

‘정혁아, 넌 왜 천방지축인 여자아이를 데리고 다니냐. 내 마음도 모르고.’

향기는 그동안 질투심을 감춘 채 태연한 척 애썼다. 하나원 식당에서 정혁을 처음 본 순간, 향기는 온몸에 전율이 일었다. 키도 크고 체격도 운동선수처럼 우람한 데다 눈빛마저 선해서 단번에 마음이 끌렸다. 정혁과 있으면 아주 가끔 만나도 마치 딱친구와 함께하는 것처럼 마음이 편했다. 각기 다른 학교로 가는 바람에 자주 만날 수는 없었지만, 문자는 가끔 주고받았다. 휴전선이 무너지던 날에도 향기는 정혁에게 가장 먼저 문자를 보냈다. 이상하게 정혁의 생각이 가장 먼저 났다. 온 나라가 벌통을 쑤셔 놓은 것처럼 왁자지껄하던 거리를 걸으며 흥분을 감추지 못한 채.

통일이다!
꿈은 아니겠지?

우리 고향에 같이 가자, 정혁아.

향기는 하루가 지나도 정혁에게 답이 오지 않자 불안했다. 다음 날 향기는 직접 정혁에게 전화를 걸었다.

"왜 내 문자에 답이 없어?"

향기가 다짜고짜 따지듯 물었다.

"아……. 여자 친구랑 광화문 통일 퍼레이드를 보느라. 답한다는 걸 깜빡했네. 미안."

스스럼없이 여자 친구라는 말을 하는 정혁의 목소리를 듣자 향기는 찬물 세례를 받은 것처럼 몸이 떨렸다. 정혁에게 나는 아무 존재도 아니구나, 하는 절망감에 휩싸였다.

"여자 친구? 너……."

"응. 착하고 나를 엄청나게 챙겨 주는 아이야. 이름은 미소인데, 성격이 명랑해. 향기 너도 남자 친구 생겼지? 다음에 넷이 같이 만나면 좋겠다."

정혁의 들뜬 목소리에 향기는 은근히 부아가 났다.

"내가 너처럼 쉽게 마음 주는 줄 알아?"

"뭐라고……? 향기야. 왜 나한테 화를 내?"

정혁은 정말 당황스럽다는 듯 큰 소리로 말했다.

"아, 아니야."

향기는 자신이 바보처럼 느껴지고 점점 더 화가 나서 조용히 전화를 끊었다. 리정혁 너한테 말하느니 벽을 향해 외치는 게 낫겠다 싶었다.

시간이 흘러 어느 정도 마음을 정리했다고 생각했는데, 다시 이렇게 정혁을 만나다니! 향기는 기쁘면서도 마음이 아팠다. 정혁이 여자 친구를 고향까지 데려왔다는 사실에 향기는 체했을 때처럼 명치끝이 아파 왔다. 그래도 미움보다는 걱정이 앞서는 상황이었다. 빗속에 그냥 남겨 놓고 온 정혁과 정혁 일행이 영 마음에 걸려 아무것도 할 수 없었다.

"웬 비가 일주일 내내 쏟아진담. 어째 이러다 고난의 행군 시절처럼 다 굶어 죽는 거 아냐."

앞니 빠진 할머니가 죽 그릇을 든 채 하늘을 향해 원망하듯 중얼거렸다.

"끔찍했지. 온 동네가 굶어 죽은 시체들로 동산을 이뤘으니까. 이대로 가다간 큰일 나겠어."

옆에 있던 할아버지의 말에 모두 웅성거렸다. 향기는 어린 시절 소나무 껍질 벗겨 먹던 생각이 났다.

"설마……. 지금은 통일 시대 아닙니까. 굶어 죽는 일은 없을 거예요. 하늘을 향해 빌기나 합시다. 노여움 푸시라고. 당에서 조만간 조처가 내려올 테니까 조금만 참으시라요!"

향기는 어디선가 듣던 투박한 목소리에 눈을 돌렸다. 혼자 사는 엄마를 많이 도와준다는 당 위원장 아저씨였다. 향기는 아저씨를 유심히 살폈다. 왠지 직감적으로 엄마와 좀 더 특별한 사이일 거라는 생각에서 비롯한 궁금증이기도 했다.

"통일은 무슨! 우리 같은 사람들은 혜택받는 것 눈곱만큼도 없고 나라만 더 어지러운데 뭘 바라나?"

죽 그릇을 든 할아버지가 탄식하듯 말했다. 다른 동네 사람들도 동의한다는 듯 조용히 고개를 끄덕였다.

"통일되면 하루아침에 부자 된다고 누가 말했습니까. 이제 서서히 좋은 세상으로 변할 겁니다."

팔뚝에 찬 빨간 완장을 만지작거리던 아저씨가 눈썹을 추어올리며 말했다. 조용하고 까칠하면서도 강인한 뭔가가 깃든 말투였다.

"너, 당 위원장 동지께 인사드렸냐?"

어느새 나온 엄마가 향기의 등을 두드리며 말했다. 빨간 완장의 아저씨가 향기를 뚫어지게 바라보았다. 사람의 마음을 현미경으로 들여다보는 듯 날카로운 눈매였다. 향기는 저도 모르게 주눅이 들었다. 잠시 뜸했던 빗줄기가 점점 더 굵어지고 있었다.

기약할 수 없는 희망

향기는 집에 가고 싶었다. 비에 옷이 젖고, 배도 고팠다. 한편으로는 정혁 걱정도 끊이지 않았다. 시장 바닥 같은 곳에 더는 머물고 싶지 않았다. 집에 가겠다고 엄마에게 말해 보려 안으로 들어가다 말고 향기는 우뚝 섰다. 당 위원장 앞에서 절절매며 지시를 받는 엄마와 눈이 마주치면 안 될 것 같았다. 슬며시 자리를 피하려는 순간, 당 위원장 아저씨와 눈이 마주쳤다. 향기는 얼른 눈을 피했다.

"사람들 시끄럽지 않게 단속 단단히 해요. 여기 머문 사람들 나눠 줄 급식 더는 없으니까 내일까지 모두 해산시키고요."

당 위원장은 엄마에게 명령조로 말한 뒤 휙 나가 버렸다. 우중충한 날씨만큼이나 사무실 분위기가 무거웠다. 엄마의 얼굴도 몹시 피곤해 보였다. 엄마는 자신을 바라보는 향기와 눈이 마주치자 흠칫 놀랐다.

"밖에서 어르신들 좀 돌봐 드리라니까 거기 왜 우두커니 서 있니?"

"저, 엄마. 나 혼자 걸어서 집에 갈게요."

향기가 엄마 눈치를 보며 말했다. 엄마가 안 된다고 손사래를 쳤지만 향기가 다시 입을 열었다.

"여기서 내가 할 일도 없고, 집도 비 때문에 난리일 텐데. 나라도 일찍 들어가서 정리하고 있을게요."

엄마는 할 수 없다는 듯 고개를 끄덕이며 대문 열쇠와 플래시를 향기에게 건네주었다.

"내일이면 여기 사람들 다 내보낼 거야. 같이 들어가면 될 텐데 괜히 고집을 부리고 그러네."

들이닥친 담당자들이 엄마를 찾는 틈을 타, 향기는 밖으로 나올 수 있었다. 다행히 더는 비가 오지 않았다. 어느새 어둠이 내려와 온 땅을 덮었다. 향기는 정혁의 소식이 궁금해서 자꾸만 기차역이 있는 쪽을 바라보았다.

'기차는 탔을까?'

혼자 생각에 잠겨 집으로 향해 가는데 누가 이쪽으로 걸어오고 있었다. 남자 한 명에 여자 둘이었다. 향기는 왠지 후들거리는 가슴을 진정시키며 그들 쪽으로 걸었다. 어둠 속에서도 정혁의 얼굴이 또렷이 보였다. 얼음장처럼 굳어 있는 정혁의 얼굴을 보자 가슴이 짠했다. 까들랑거리던 정혁의 여자 친구도 패잔병처럼 후줄근했다. 수진은 향기를 보자 금방이라도 쓰러질 듯 맥없이 손을 내밀었다.

"언니, 왜 이래요? 어떻게 된 거예요? 왜 기차를 못 탔어요? 다른

84

사람들도 못 탄 거예요? 고모님은요?"

향기가 숨넘어갈 듯 한꺼번에 많은 질문을 했다.

"비가 하도 무섭게 쏟아져서 철로가 모두 이탈했대. 보수 작업하려면 시간이 꽤 많이 걸릴 것 같다네. 넌 어디 가는 길이야?"

수진 대신 정혁이 나서서 대답했다.

"딱히 할 일도 없고 힘들어서, 혼자 집에 가는 중이야. 근데 역에서 걸어왔어?"

"현으로 들어오는 버스가 있어서 타고 왔어. 회관으로 가는 버스는 한참 기다려야 해서 그냥 걸어왔고. 그나저나 비가 그쳐서 다행이다."

"고모님 댁에 가도 먹을 거 없지? 일단 우리 집으로 같이 가자."

향기가 따뜻한 목소리로 말했다.

"그래도 될까? 너희 엄마가 우리랑 같이 있는 거 싫어하시는 것 같던데."

수진이 조심스럽게 말했다. 향기는 일부러 명랑한 척 큰 소리로 말했다.

"괜찮아요. 언니. 엄마는 내가 남조선에 갔던 사실이 부담돼서 그래요. 그 사실이 알려지면 승진을 못 하나 봐요. 암튼 우리 엄마 내일이나 돼야 집에 올 거예요."

"고맙다. 우리 고모네 집에서 너희 동네가 가깝니?"

정혁은 정말 고마워서 어쩔 줄 몰랐다. 그 모습을 바라보던 미소의 낯빛이 새파랗게 변했다.

"고모님 집으로 돌아가신다잖아. 같이 가면 되잖아."

미소가 정색하며 물었다.

"미소야, 내가 생각하기에 철로가 복구되려면 시간이 꽤 걸릴 거야. 지금 서울에 전화도 안 되고 우리가 가진 돈도 아껴 써야 하잖아. 아무래도 향기 어머니가 일하고 계시니까 정보도 많으실 것 같고 우리에게 도움도 주시지 않을까 싶어서 향기네 집에 우선 가자는 거지."

수진이 정혁 대신 미소에게 차분히 설명을 했다. 미소는 수진의 말을 듣고 있으니 역시 생각이 깊은 사람이라 여겨졌다. 방금까지도 미소는 마치 감옥에라도 갇힌 듯 답답하고 걱정이 너무 많았지만 수진의 말에 수긍할 수밖에 없었다. 서울로 돌아만 갈 수 있다면, 향기가 부담스럽지만 참을 수밖에 없다고 마음을 다잡았다.

"일단 빨리 우리 집으로 가요."

향기는 앞서서 신작로를 걸었다. 컴컴한 밤이라 사위가 고요했다. 거리에는 간간이 트럭이 지나갈 뿐 개미 한 마리 보이지 않았다. 어디를 바라보아도 사람 사는 동네 같지 않았다.

"고향이 뭐 하나 변한 게 없어. 너희 동네도 그렇지?"

향기가 정혁에게 물었다. 연신 말없이 걷고 있는 미소를 흘끔거리면서. 미소는 서울에 있는 엄마가 걱정할 거라는 생각에 아무것도 눈에 들어오지 않았다.

"아니야. 우리 집은 폭격 맞은 것처럼 다 쓰러져 갔어. 아빠는 어디 계신지 알 수 없고 동네 사람들도 거의 알아볼 수 없더라. 전혀 내가

86

살던 동네 같지 않아. 마을이 옛날보다 더 작아진 것도 같고."

정혁의 말에 이어 수진이 나섰다.

"통일된 지 1년도 안 되다 보니 모두가 혼란스러운 것 같아. 남한은 남한대로, 북한은 북한대로 무엇을 먼저 해야 할지 엄두가 나지 않나 봐. 남북한 연결을 위한 철도도 급하게 서두르다 보니 이만한 폭우에 망가지고……. 앞으로 닥칠 일들이 걱정이야. 모두 이렇게 삐걱거릴 텐데 말이야. 독일도 맨 처음 통일됐을 때 완전 혼돈 그 자체였대. 다행히 서로 잘 협력해서 지금은 안정이 됐듯 우리도 그렇게 되겠지."

수진은 자신도 믿을 수 없는 이야기를 배운 대로 말해 주는 것 같 았다.

"언니, 우리 서울에 갈 수는 있는 걸까요? 혹시 여기에 감금되는 거 아닐까요. 전화도 안 되고 잠잘 데도 마땅치 않고 방학도 거의 끝나 가는데…… 우리 어떡해요?"

말없이 일행을 따르던 미소가 걱정 보따리를 한꺼번에 풀어놓았다. 말을 하다 울컥거리기까지 했다.

"미소야, 걱정 마. 얼마나 힘들게 이룬 통일이니? 우리의 대역사잖아. 거꾸로 가지는 않을 거야. 기다려 보자. 개학 전에는 반드시 돌아갈 거야."

수진이 아기 달래듯 미소를 다독였다.

정혁은 미소가 얼마나 충격을 받았을까 싶어 마음이 아팠다.

"난, 솔직히 무서워. 사람들이 강압적인 것 같고 아까 본 향기 엄마도 무서워. 말도 딱딱하게 하고 우리를 피하는 것 같기도 해서."

미소의 말에 이번에는 향기가 나서서 입을 열었다.

"미소라고 했지? 지금 상황이 좋지는 않지만 각자 나름대로 사연이 있는 거잖아. 그러니까 너무 신경 쓰지 마. 너는 서울에 못 갈까 봐 신경이 쓰이나 본데 절대 그런 일은 없을 거야."

걱정과 위로를 서로 솔직하게 나누다 보니 어느새 향기네 집 앞이 었다. 향기네 집은 깨끗하고 살림살이도 깔끔하게 정돈되어 있었다.

미소는 여기저기 두리번거리더니, 갑자기 호들갑스럽게 말했다.

"향기네는 잘사는 집이구나. 가전제품도 많고, 집 안 전체가 반질반 질 빛이 나네."

미소의 갑작스러운 변화에 모두 의아하면서도 다행이다 싶었다.

"너무 걱정하지 말자. 우리는 죽음의 강을 넘어 보기도 했는데 이 쯤이야. 더 두려울 게 있겠어? 통일은 서로가 더 좋은 세상에서 살기 를 바라는 거잖아. 우리도 그렇게 믿으며 기다려 보자."

수진의 말에 모두 동의한다는 뜻으로 고개를 끄덕였다.

"같이 통일 열차를 타고 온 사람들은 지금 어떤 시간을 보내고 있 을까?"

문득 생각났다는 듯 정혁이 말했다.

"그러게……"

수진도 고개를 갸웃거리며 생각에 잠기는 듯했다.

"우리처럼 가족을 애타게 찾는 사람도 있을 테고, 저기 도심에서

화려한 여행을 하는 사람도 있을 테고. 열차를 탄 사람들의 계획이 다 달랐을지라도 각자 이루고 싶은 소망을 안고 북에 왔겠지. 그러니 다들 무사히 잘 지내다 역에서 만나야지!"

수진의 말을 듣던 미소가 쓱, 눈가를 닦았다. 정혁과 향기도 울컥한 듯 고개를 떨구었다. 모두 마당에 나와 하늘을 올려다보았다. 붉은 노을이 하늘을 물들이고 있었다.

"서울에서 아빠 보고 싶으면 북쪽 하늘을 올려다보곤 했어. 어릴 때 보던 별들이 날 기다릴 것 같아서."

정혁이 하늘을 올려다보며 젖은 목소리로 말했다.

"정혁이가 이렇게 감상적인 건 처음이네. 여긴 확실히 공기가 좋은 것 같아. 엄마랑 몽골 여행 가서 본 풍경이 떠오르거든. 아름답게 빛나네."

어둠 속을 뚫고 퍼지는 미소의 말이 메아리처럼 울려 퍼졌다. 저 멀리서 별똥별이 유유히 떨어졌다. 어디선가 컹컹, 하고 개 짖는 소리가 꿈결처럼 들려왔다.

정혁은 설렘과 기대감을 안고 고향 땅을 밟았지만 아직 아무것도 얻은 게 없다는 사실에 마음이 계속 무거웠다. 꿈에도 보고 싶은 아빠는 흔적조차 찾기 힘들었다. 고향 땅을 밟았지만 갑작스러운 폭우 속에 잠겨 허우적거릴 뿐이었다. 꽉 막힌 현실 앞에 다시 막막해졌다. 이제 어떡하면 좋을지, 내일은 뭘 할 수 있을지 몰라서 정혁은 말없이 붉은 하늘만 바라보았다.

2부

새로운 도전

리철 형을 만나다

해 지는 풍경을 바라보며 정혁은 두둥실 떠다니는 구름에게 묻고
싶었다. 어디로 가면 좋겠냐고.

그때 누가 대문 안으로 불쑥 들어섰다. 바짝 올린 상고머리에 부리
부리한 눈, 근육질 몸매가 한눈에도 장교처럼 보였다. 모두 긴장한
얼굴로 그를 살폈다.

"작은어머니, 안에 계십니까?"

목소리 또한 동굴에서 울려 나오는 듯 우렁찼다. 잠시 화장실에 다
녀오던 향기가 그를 반갑게 맞았다.

"리철 오빠! 이 밤중에 웬일이야?"

"엄마가 작은어머니 드리라고 음식을 싸 주셔서. 아직 안 오셨니?"

리철은 뚜껑 있는 보시기를 내밀면서도 연신 두리번거렸다. 경계의
눈빛이 역력했다.

"서울에서 온 손님이야. 정혁이는 나와 동갑이고 남조선 하나원 동기야. 미소는 정혁이 여자 친구고. 수진 언니는 대학생, 남에서 사범대학 다니는 예비 선생님이셔. 아, 오빠 소개도 해야지! 정혁아, 여긴 내 사촌 리철 오빠."

향기의 소개가 끝나자 서로 어색하게 인사를 나누었다. 여전히 분위기가 냉랭한 가운데 서로를 스캔하듯 훑어봤다. 어색함을 없애려는 듯 향기가 쉴 틈 없이 말을 이어 갔다.

"리철 오빠는 나보다 두 살 위야. 영재고등중학교에 다니는데 지금은 졸업반. 어렸을 때 나랑 많이 놀아 준 사촌인데 오랜만에 보니 낯설어. 오빠는 방학이라 고향에 온 거고."

향기는 양쪽 징검다리 역할을 능숙하게 해냈다. 덕분에 서먹하던 분위기가 조금 부드러워졌다. 리철이 정혁에게 악수를 청하며 일행의 얼굴을 두루두루 살폈다.

"고향 찾은 동무들이네!"

리철은 딱딱한 이미지와는 달리 부드럽게 말했다.

"내 이름은 리정혁입니다. 반갑습니다."

정혁이 손을 내밀자 리철이 말없이 손을 잡았다. 그 모습을 보던 미소가 환하게 웃으며 말했다.

"반가워요. 전 미소라고 해요. 북한 구경하고 싶어서 따라왔어요. 영재학교 다닌다니 머리가 엄청 좋은가 봐요. 리철 씨, 아니 오빠……."

리철은 미소의 발랄한 목소리에 넋을 놓고 바라보았다. 역시 미소는 어딜 가나 분위기 메이커였다.

"어머, 나도 북에 살 땐 영재학교 들어가는 게 꿈이었는데. 합격하면 탄탄대로잖아. 김일성대학도 들어갈 수 있고, 고위직에 임명도 되고. 향기 오빠가 똑똑한가 보네."

수진은 예비 선생님답게 학교 이야기로 말문을 텄다.

"정말이에요? 와, 반갑습니다. 선배님이 되실 뻔했군요. 지금 영재학교는 예전과는 달라요. 엄청난 특혜도 줄었고요. 공부는 여전히 빡세긴 하지만……."

수진이 인정해 주자 리철은 어깨를 으쓱대며 우렁차게 말했다.

"영재학교를 목표로 공부하던 때가 엊그제 같은데 난 강을 건너서 남조선에 가 대학생이 됐고……. 참 감회가 깊다."

수진은 옛 생각이 나는지 목소리가 잠긴 상태였다.

"서울에서 살아 본 동무들 이야기가 몹시 궁금합니다. 누나, 아니 선생님. 작은어머니 만나러 왔지만 잠깐 놀다 갈게요."

리철은 수진에게 투박한 말투지만 살갑게 다가왔다.

"리철 오빠, 아주 신났네. 원래 말이 없기로 유명했는데……."

향기가 놀리듯 슬쩍 농담을 건네자 리철은 아예 신발을 벗고 거실로 들어왔다.

"실은 향기 네가 남조선, 아니…… 서울에서 왔다는 말 작은어머니한테 살짝 들었을 때 많이 놀랐어. 그 험한 길을 어찌 갈 생각을 했는지 대단하다 싶었지. 오늘 만나길 잘했네. 남조선에 대해 모든 게 궁금했단 말이다."

북한 토박이 리철이 열정적으로 대하자 향기뿐 아니라 정혁과 수
진, 미소 모두 얼굴이 환해졌다.

"오빠, 서울살이 풀어놓자면 이 밤이 새도 끝나지 않아. 근데 우린
아직 저녁도 못 먹었거든. 금강산도 식후경이라는 말 알지?"

"이를 어쩐다! 집에 먹을거리는 좀 있어?"

리철이 정말 궁금한 듯, 부엌을 들여다보며 말했다. 정이 뚝뚝 떨
어지는 모습에 미소는 혼자 웃었다. 수진도 오랜 동무를 만난 것처럼
따뜻한 눈빛으로 리철을 바라보았다.

향기는 부엌으로 들어가 부지런히 쌀을 씻어 밥부터 안쳤다. 곧이
어 빨간 바가지 두 개를 들고 나오며 말했다.

"내가 상 차릴 동안에 텃밭에 나가 먹을 만한 것 있나 살펴봐. 아직
많이 어둡지 않아서 뭐라도 뜯어 올 수 있을 거야. 엄마가 회관 일이
바빠서 텃밭 관리도 전혀 못 하는 것 같긴 하지만."

수진이 바가지를 받으려 하자 리철이 가로챘다.

"우리 집에 가서 남새, 아, 그러니까 채소 좀 뜯고 낮에 아버지가 얻
어 온 돼지 생고기 좀 가져오겠습니다."

리철이 호탕하게 말하자 향기가 추억에 잠긴 듯 눈을 껌뻑이며 바
라보았다.

"와, 오빠 잘됐다. 돼지 생고기라니. 지금도 맛있을까? 옛날에 동네
에서 돼지 잡은 날 고기 정말 기막혔는데……. 서울에서도 가끔 그때

고기 먹었던 생각이 났어."

향기가 입맛까지 다시며 열변을 토하자 리철은 씩 웃으며 대문을 나섰다. 수진은 리철의 뒷모습을 그윽한 눈빛으로 바라보았다. 그 옆에 있던 향기가 툭 치며 장난스럽게 말했다.

"언니, 리철 오빠 따라가고 싶어요?"

"아니, 고마워서 그렇지. 고향에 와서 처음으로 사람 대접받는 느낌이라서. 아빠는 어디로 갔는지 알 수 없고. 동네 사람들 얼굴도 전혀 모르겠고. 고모는 우리 엄마를 도둑으로 몰고……. 정말 가슴 아팠는데 리철이 살갑게 대하니 눈물 나려 해. 고맙고."

수진은 리철이 떠난 대문을 바라보며 말했다.

향기는 먼저 집 안으로 들어가고 정혁과 미소와 수진은 텃밭 여기 저기를 돌아다니며 푸성귀를 뜯었다.

"여기저기 꽤 많네. 난 상추도 그렇고 쑥갓을 따 보는 건 처음이야. 왠지 더 맛있을 것 같아. 그치?"

미소가 들뜬 목소리로 정혁에게 말했다. 정혁도 흐뭇하게 웃으며 답했다.

"옛날에는 누나랑 텃밭에서 채소 많이 뜯었는데 오랜만이라 새롭다. 너랑 같이 푸성귀 뜯으니 더 맛있을 거야. 히힛!"

바가지를 들고 여기저기 살피던 수진은 텃밭 옆에 있는 작은 도랑에서 뭔가를 뜯느라 정신없었다. 미소는 강중거리며 수진 곁으로 가 유심히 살폈다.

"집 가까이 이런 도랑이 있는 게 너무 신기해. 졸졸졸 물 흐르는 소리도 좋고요. 언니, 지금 뭘 뜯는 거예요?"

미소의 말에 수진은 머리를 뒤로 쓸어 넘기며 활짝 웃었다.

"이거 돌미나리인데 지짐이 해 먹으면 맛있어. 내가 금방 해 줄게. 도랑물이 깨끗해서 다행이야. 야들야들하고 맛있을 것 같아서 열심히 뜯는 중."

"와! 엄마 중국 장마당으로 장사하러 나가고 허기질 때, 누나가 해 주던 돌미나리 부추전 생각난다. 다시 그 맛을 보게 해 준다고? 완전 기대되는데! 누나 손맛 끝내주잖아."

미소는 정혁이 입맛까지 다셔 가며 말하는 모습이 귀여우면서도 의아했다.

"돌미나리전이 그렇게 맛있어? 지금은 배고파서 돌을 씹어도 맛있을 것 같긴 해. 힛."

미소가 침까지 꼴깍 삼키며 말하자 정혁도 장단을 맞췄다. 덩달아 이파리를 뜯는 누나의 손길이 분주했다.

"이 정도면 충분하겠다! 얼른 들어가서 만들어 먹자. 정혁이 네가 돌미나리 깨끗이 씻어. 난 밀가루며 식용유 찾아볼게."

말을 마친 뒤 수진이 안으로 들어갔다. 먼저 들어가서 주방에서 식사 준비를 하던 향기는 수진이 들고 온 바구니를 보곤 눈이 휘둥그레졌다.

"어머나! 언니는 어디서 그렇게 푸성귀를 많이 뜯었어? 밭에 아무

것도 없는 것 같아 걱정했는데."

"도랑에서 돌미나리를 본 순간 뭉클하더라. 진짜 고향에 왔다는 게 실감 났고. 돌미나리들이 오랫동안 날 기다린 것 같다는 생각이 들기도 했어."

수진의 눈이 촉촉해진 것을 보자 향기도 눈가를 훔쳤다.

"내가 얼른 지짐이 해 줄게. 예전에는 돼지기름으로 지짐을 했는데."

"언니, 여기도 이제 돼지기름은 안 쓰는 것 같아. 이거 콩기름이야. 밀가루는 여기 있고. 언니 솜씨 기대되는데."

순식간에 온 집 안에 기름 냄새가 진동했다. 모처럼 사람 사는 냄새가 나는 것 같았다.

"누나, 맛있는 냄새가 진동하니 참을 수가 없네. 지짐이 한 조각 먼저 주라."

정혁은 말을 마치자마자 지짐이 한 점을 입 안에 넣었다. 국경선에서 꽃제비 생활을 할 때보다 더 게걸스럽게 먹었다. 그러고는 한 점을 미소에게도 가져다주었다. 미소도 마파람에 게 눈 감추듯 미나리전을 먹었다.

"천천히 먹어. 그러다 체하겠다."

"언니, 진짜 맛있어요. 돌미나리전 맛이 기막히네요."

빙 둘러앉아 미나리전을 먹느라 정신이 없는 사이 리철이 안으로 들어섰다. 리철은 꽤 큰 상자를 향기에 건네주며 말했다.

"생고기인데 얼른 구워 먹어. 뒤란 닭장에 들어가 달걀도 몇 개 집어 왔어. 싱싱해서 맛있을 거야."

리철의 말이 떨어지기 무섭게 일행은 짚으로 만든 종다래끼를 바라보았다.

"횡재한 기분이다. 역시 고향 인심이 다르네. 리철아, 고마워."

정혁은 수진이 저토록 부드러웠던 적이 있나 싶어 신기하다는 듯한참을 바라보았다.

"리철 오빠, 멋져요. 맛있게 먹을게요."

미소마저 나긋나긋한 목소리로 인사하는 것을 보며 정혁은 은근히 질투가 났지만 내색은 할 수 없었다. 대신에 일부러 감사 인사를 더 크게 했다.

"리철 형 덕분에 호강하네요."

모두 환호성을 지르며 좋아했다. 완전 잔칫집 분위기였다.

"별것 아닌데 뭐. 많이 많이 먹어! 고향 찾아 먼 길 온 손님들인데."

리철은 뒤통수를 긁으며 쑥스러워했다. 그러고는 곧바로 마당에 있는 화덕에 불을 피웠다. 붉은 옷을 입은 무사가 하늘을 향해 치솟듯 불길이 활활 타올랐다. 불판을 올려놓고 익숙하게 고기를 굽는 리철의 모습을 모두 감탄하며 바라보았다.

"리철 오빠, 내가 없는 동안 사나이 중에 사나이가 됐네. 미소야, 울 오빠 멋지지?"

향기가 들뜬 목소리로 분위기를 고조시켰다.

"리철 오빠 최고! 특히 고기 굽는 모습은 찐, 찐, 찐이야."

미소가 엄지 척까지 해 보이자 일행은 환한 미소를 지었다. 하지만 정혁의 눈빛은 달랐다. 순식간에 질투의 화신이 되어 미소를 노려보았다.

"왜 그래? 샘나면 정혁이 너도 고기 멋지게 구워 봐."

미소가 멋쩍게 웃으며 말하자 향기가 나섰다.

"사나이 가슴이 간장 종지만큼 그리 작아서 어쩌려고? 서울서 껌딱지처럼 붙어 온 여친 도망치겠다!"

향기의 말에 일행 모두 손뼉 치며 웃자 정혁은 못 들은 척 고기를 뒤척였다. 훈훈한 분위기를 더하려는지 밤하늘의 별들도 우르르 쏟아져 내리는 것 같았다.

"이제 고기도 다 익었으니 얼른 밥 먹자."

향기의 말에 툇마루에 차려놓은 밥상 앞에 앉았다. 진수성찬이었다. 고향에 온 이래 최고의 밥상 앞에 모두 행복한 표정이었다.

"오, 고기 육즙이 장난 아니야! 소고기보다 더 맛있어요. 정말 고맙습니다."

"그러게! 서울에서는 먹어 보지 못한 진한 맛이다. 향기가 밥도 고슬고슬하게 잘했고. 고향 맛 듬뿍, 인정!"

수진이 맛집 품평회 하듯 칭찬을 아끼지 않자 모두 웃음을 터뜨리며 고개를 끄덕였다.

"언니가 만든 돌미나리전도 일품이야. 옛날에 먹던 그 맛. 나도 고향에 와서 처음으로 맛있게 먹는 밥상이야. 엄마랑 따뜻한 밥 한 끼

먹을 시간이 없었어. 늘 회관 일로 바쁘시거든. 무엇보다 엄마는 내가 말없이 집을 떠났던 게 여전히 못마땅한가 봐. 동네 사람들 앞에 내가 나타나는 것도 꺼리고. 암튼 마음이 불편했는데 지금은 무지 좋다."

향기는 모처럼 속내를 털어놓을 수 있는 동무들과의 밥상이 마냥 즐거웠다. 마음 깊이 짝사랑했던 정혁에게 차려 주는 밥상이라 더욱 그랬다. 미소에게 완전 빠져 있는 정혁이지만…… 이런 인연 또한 소중했다.

맛있게 먹는 모습을 바라보다가 리철이 불쑥 말을 건넸다. 오랫동안 가슴에 품고 있던 질문이었다.

"동무들이 별것 아닌 걸로 맛있다고 칭찬하니 민망하네. 근데 향기도 그렇고 누나도 그렇고 고향을 잊은 적이 없는 것 같아. 난 좋은 환경에서 살다 보면 여기 생각만 해도 진저리 칠 줄 알았는데 통일되자마자 찾아온 걸 보면 놀랍네. 내가 떠나고 싶었지만 그러지 못해서 그런가?"

"우리는 조국을 배신했던 게 아니야. 살기 위해 고향을 잠시 떠났던 거지. 단 한 번도 고향을 잊은 적 없어. 그래서 통일되자마자 달려온 거고. 이렇게 돌미나리전 하나만으로 고향의 맛을 만끽하는 것도 이 모든 것이 그리웠기 때문일 거야."

수진이 젖은 목소리로 말하자 모두 숙연해졌다. 밥상을 치우고 설거지하면서도 여전히 침묵이 흘렀다.

"향기야, 어머니 오실 때 되지 않았어? 우리가 어른도 안 계신 집에서 이렇게 밥해 먹는다고 역정 내시지 않을까?"

눈치 빠른 미소가 향기의 눈을 보며 조심스럽게 물었다.

"아마 엄마는 오늘도 위원장 동지 집으로 갔을 거야. 두 분이 나 없는 동안에 같이 사시는 것 같았어. 내가 그 정도 모를 나이는 아니잖아. 그나저나 서울 가려면 시간이 걸릴 것 같은데, 그때까지 뭐 할 거야?"

향기의 말에 모두 고개를 숙인 채 아무 말도 못 했다. 아직은 막막할 뿐 뾰족한 수가 없었다.

"난 북한에 오면 금강산 구경도 하고 백두산도 갈 수 있는 줄 알았는데. 엄마에게 전화 연락도 안 되고 완전 불통이야. 늪에 빠진 느낌이라 답답해 미치겠어. 비는 왜 이리 많이 오는 거야!"

미소가 근심 가득한 얼굴로 말했다.

"이렇게 다시 서울로 돌아가면 허무할 것 같아."

수진이 허망한 눈빛으로 하늘을 올려다보며 혼잣말처럼 중얼댔다.

"그렇죠, 언니. 나도 엄마 만나서 여건이 허락되면 여기에 뷰티 샵 내고 싶었는데 전혀 아닌 것 같아요. 아직은 시기상조인 것 같죠. 다시 서울로 돌아가 생각해 봐야겠어요. 고향에 오면 뭐든 할 수 있을 줄 알았는데 전혀 아니니, 속상하고 암담해요."

향기의 말에 모두 공감한다는 듯 고개를 끄덕였다. 리철만 뭔가를 골똘히 생각하며 이야기를 경청했다.

"그나저나 철도가 언제쯤이나 수리가 될까? 하늘이 찌뿌둥한 게 이러다 또 소낙비가 퍼부을 것 같은데……. 향기네 집에 마냥 죽치고 앉아 있을 수도 없잖아. 철조망 안에 갇힌 기분이야. 다시 서울에 돌아갈 수는 있을까?"

미소가 오랫동안 참았던 말을 한꺼번에 쏟아 냈다. 정혁은 미소의 말을 듣자 등에 식은땀마저 흘렀다. 그때였다. 가만히 일행의 넋두리를 듣던 리철이 벌떡 일어나며 소리쳤다.

"모두 걱정 보따리만 한 아름이네. 걱정한다고 달라질 건 없잖아. 잠깐만 있어 봐. 내가 집에 좀 다녀올게."

"집에는 왜?"

갑자기 리철이 바람같이 사라졌다. 남은 자리에는 여전히 무거운 침묵만 흘렀다. 마당에 삐죽이 올라온 잡초들도 답답한 듯 고개를 푹 숙이고 있었다. 누구도 꼼짝하지 않고 하늘을 올려다보는데 삐익, 대문 여는 소리가 들렸다.

리철은 바람처럼 다녀온 듯 숨을 몰아쉬며 안으로 들어왔다. 집에서 가져왔다며 큰 지도를 툇마루에 펼쳤다. 손으로 지도의 한 부분을 짚으며 호탕하게 외쳤다.

"우리! 다 같이 백두산 천지 보러 가자!"

"백두산 천지?"

"이번 방학에 나 혼자라도 백두산 정상에 오르려 했는데, 너희와 함께 오르면 좋을 것 같아. 내가 확실한 안내자가 되어 줄게. 난 그동안 몇 번 천지를 보러 갔지만, 운이 없었어. 한 번도 천지를 보지 못했거든. 눈이 오거나 비가 억수로 내려서 그냥 왔지. 정말 아쉬웠어. 작년에도 다녀와서 올여름 방학에도 다시 가 볼 생각이었거든. 남조선에서 온 동무들과 천지에 오르면, 뭔가 색다른 경험이 될 것 같아."

리철의 말에 수진의 눈빛이 놀라울 만큼 반짝였다. 숨은 보물이나 보석을 발견한 사람처럼 빛났다.

"정말 좋은 생각이야. 여기서 무작정 철로가 고쳐지기를 기다릴 게 아니라, 뭐라도 해 보자고. 리철의 말대로 백두산 천지에 같이 가자. 여기 살 때는 여유가 없어서 백두산에 오를 생각조차 못했지. 서울에서는 마냥 선망의 대상이었고. 리철이 안내한다니까 정말 기대된다. 다 같이 떠나자!"

수진이 지도 속의 백두산을 짚으며 환호성을 질렀다.

"와, 나도 백두산 천지 가 보고 싶다! 이제야 북한에 온 기분이 드네. 역시 리철 오빠 최고!"

미소가 배낭 둘러메는 시늉을 하며 분위기를 띄웠다.

"근데 우리끼리 백두산에 갈 수 있을까? 교통도 불편하고 경비도 만만치 않을 텐데. 난 엄마가 허락할지도 모르겠어. 가고는 싶지만…… 정혁이는 어때?"

향기가 고심에 찬 얼굴로 정혁의 대답을 기다렸다.

"내 의견이 그리 중요할 것 같지는 않아. 백두산 천지, 당연히 가 보고 싶지! 하지만 너무 갑작스러운 제의라 어리벙벙해."

정혁은 계획이 급작스럽게 진행되는 것 같아 은근히 겁먹은 얼굴이었다.

"어이! 너무 소심한 거 아냐? 칼을 뽑았으면 무라도 베어야 할 거 아니냐고. 고향에 와 아빠 못 만났으면 백두산이라도 오르자고. 알았지?"

미소가 양 주먹을 쥐어 보이며 파이팅을 외치자 정혁은 할 말이 없었다.

"역시 서울에서 온 미소가 화끈해서 좋네. 그럼 내일 새벽에 떠난다! 일단 짐부터 챙기고 있어. 나도 가서 단단히 준비하고 올게."

리철이 군대장 명령하듯 한마디 툭 던지고 대문 밖으로 나갔다. 바람 한 점 없이 후텁지근한 날씨지만, 왠지 숨통이 트이는 느낌이었다.

"우리 일행이 백두산까지 가려면 여비가 꽤 들 텐데. 어쩌지."

수진이 방금 전 환호성 지를 때와는 달리 수심 가득한 얼굴로 중얼거렸다.

"언니, 돈 걱정은 말아요. 엄마가 여비를 넉넉히 챙겨 주셨어요. 집 떠나면 무슨 일이 있을지 모른다며……. 선견지명이 있으신 거죠. 넉넉하지는 않아도 백두산까지 충분히 다녀올 수 있을 것 같아요."

미소가 작은 가방에서 두툼한 지갑을 꺼내 보이며 안심시켰다. 어깨까지 으쓱하는 걸 보니, 정말 신바람이 난 모양이다.

"미소야, 나 따라와서 고생만 하는데 돈까지 많이 쓰게 해서 정말 미안해. 서울 가면 아르바이트해서 갚을게."

정혁의 진심 가득한 말에 미소는 특유의 장난기를 발휘했다.

"처음부터 끝까지 진지 모드, 넌 그게 매력이라니까. 내가 졸라서 따라온 건데 왜 자꾸 미안하단 말을 해. 지금이야말로 진짜 북한 땅을 휘휘 돌아볼 기회가 온 거잖아."

미소의 말에 정혁은 말없이 손을 잡았다. 그 모습을 일부러 못 본 척 고개를 돌리던 수진이 진지한 목소리로 말했다.

"미소야, 나도 서울 가면 과외 한 팀이라도 더 해서 꼭 갚을게. 빌려준다고 생각해. 고마워."

세 사람이 여비 때문에 걱정하는 동안에도 향기는 불안한 눈빛으로 대문 밖을 응시했다. 미소와 정혁이 향기를 흘끔거렸다. 수진도 걱정스러운 눈으로 석고처럼 앉아 있는 향기를 주시했다. 뜨겁던 열기가 물 폭탄을 맞은 것처럼 냉랭해졌다.

"향기야, 너도 백두산 가는 거지?"

정혁이 얼음 다리를 건너듯 조심스럽게 물었다.

"가고 싶지, 나도. 근데 엄마한테 알려야 할 것 같긴 해. 떠나기 전에 아침 일찍 엄마 좀 만나고 올게."

"엄마가 우리랑 어울리는 것 싫어하시는 듯하던데, 괜찮을까?"

수진이 큰 죄를 지은 것처럼 말하자 향기는 주먹을 꼭 쥐었다. 그러고는 무대 위에서 독백하듯 자기 이야기를 털어놓았다.

"지금까지 내 인생은 내가 주인이었어. 두만강을 건널 때도 그렇고. 태국 대사관에서 인천행 비행기를 타기까지의 지루하고 힘든 과정.

국정원에서의 심사 등 어느 것 하나 쉬운 게 없었지. 그러나 그 모든 일, 나 혼자 견뎌 냈어. 서울까지 가는 데 든 브로커 빚도 내 스스로 해결했고. 난 학교보다는 미용 기술을 배우고 싶어 학원에 다녔어. 빚 갚기 위해 미장원 시다 일도 억수로 했고."

여기까지 말을 마친 향기는 하늘을 보며 눈가를 훔쳤다.

"맞아. 우리는 정말 죽을 각오로 강을 건넌 거야."

수진이 같은 마음으로 응대해 주자 향기는 더욱 강경한 눈빛으로 속내를 드러냈다.

"난 엄마가 보고 싶어서 고향에 왔지, 엄마의 인생에 꿰맞춰 살 생각은 없어. 그래도 말씀은 드리고 떠나야 할 것 같아. 말없이 두만강 건넜던 불효를 더는 하지 말아야지."

미소는 향기를 알수록 놀라웠다. 마치 철든 언니처럼 느껴졌다. 정혁을 마음에 두고 있는 게 걸리긴 하지만.

"향기, 너 정말 대단하다. 가슴속에 든든한 뿌리가 있는 것 같아. 나 같으면 엄마 몰래 두만강을 건널 생각조차 못 할 것 같은데."

미소의 말에 향기가 기분 좋은 얼굴로 응답했다.

"미소 너도 만만치 않아. 내가 서울에서 본 아이들은 북한에 전혀 관심도 없었어. 통일이 됐어도 인정하지 않으려는 분위기고 오히려 색안경 끼고 보던데, 넌 아니잖아. 언젠가 뉴스에서 봤어. 남한 청소년 중에서 60퍼센트가 통일을 반대했었다고. 근데 미소 너는 북한으로 여행까지 왔잖아. 비도 오고 마땅히 잘 데도 없어 힘들 텐데도 씩씩한 걸 보면 놀라워. 그런 거 보면 정혁이가 여자 친구는 정말 잘 사귀 었다니까.”

향기의 말에 미소는 무슨 말이든 해야만 할 것 같았다.

“그저 북한에 대한 호기심으로 따라나섰는데, 와서 보니 정말 많은 생각이 든다. 북한도 내가 살던 남한과 똑같은 땅인데 전혀 아닌 것처럼 등 돌리고 살았다는 생각이 들어. 강을 건너는 과정이 그렇게 힘든 줄도 몰랐어. 정혁이는 나 만나면서 힘든 이야기 전혀 안 했거든. 근데 네 이야기 들으니 정말 대단하다는 말밖에 할 게 없어.”

정혁은 향기와 미소가 딱친구처럼 도란도란 이야기 나누는 모습을 흐뭇한 표정으로 바라보았다.

“백두산 오르려면 잠을 푹 자 둬야 해. 우리 집에 방 많으니까 각자 알아서 들어가서 자면 돼. 정혁이만 마루에서 자고.”

향기의 말에 모두 약속이라도 한 듯 고개를 끄덕이며 밤하늘을 올려다보았다. 어느새 하늘은 검은 물감을 칠한 것처럼 캄캄해졌다. 검은 바다에 은빛 물고기가 파닥이듯 많은 별이 반짝였다. 길 떠날 일행을 향해 응원의 갈채를 보내는 것 같았다. 반짝반짝.

백두산으로 GO GO!

"자, 이제 떠나자! 내가 나침반하고 지도는 준비했으니까, 마음만 단단히 먹으면 문제없어."

다음 날 아침이었다. 리철이 씩씩한 목소리로 말하자 모두 한결 안심이 되는 듯 웃음을 지었다. 같이 있다 보면 일행 중에 리철이 가장 선배처럼 보였다. 수진은 체격이 작고 여리여리해서 오히려 제일 어려 보였다. 수진은 리철을 오빠처럼 의지하는 듯했고 리철 또한 작고 귀여운 수진이 마음에 드는지 얘기를 나누며 연신 싱글거렸다. 리철, 수진, 정혁, 미소, 향기까지 다섯 명의 팀워크가 잘 갖추어진 뒤 떠나는 길이라 든든했다. 이른 새벽에 엄마를 만나고 온 향기가 전보다 말이 없어 걱정이긴 하지만 일행 모두 들뜬 모습이었다. 모처럼 아침 하늘도 가을이 다가올 듯 맑고 청아했다.

"향기야, 엄마한테 좋은 소리 못 들었어? 네가 시무룩하니까 걱정

돼."

미소가 멍하니 앉아 있는 향기 곁에 다가가 물었다. 정혁도 향기의 답이 궁금하던 터라 귀를 쫑긋 세웠다.

"예상했던 대로야! 우리 엄마는 자기 인생만 중요해. 내 생각은 눈곱만큼도 안 해. 위원장 동지 눈치만 보고. 어서 백두산으로 가자! 나 때문에 머뭇거릴 수는 없어. 천지에 올라 소리치고 싶어."

향기가 결심한 듯 배낭을 멨다. 미소는 일렁이는 향기의 눈빛에서 슬픈 결의를 엿보았다.

그때였다. 삐거덕, 대문 여는 소리가 요란하게 들리더니 향기 엄마가 들어섰다. 일행 모두 소금 기둥처럼 얼어붙었다.

"너 정말, 엄마 말을 이렇게 거역할 거야? 엄마가 그냥 집에서 조용히 머물라 했잖아! 너 때문에 얼마나 더 애간장을 녹이며 살아야 하냐? 엄마가 이제 더는 배곯게 안 할 거라 약속하지 않았냐고! 남조선 처자들하고 백두산 간다고? 정신 차려! 위원장 동지 알면 네가 골빈 줄 알 거다."

향기 엄마의 목소리가 쩌렁쩌렁 하늘을 찔렀다.

"작은어머니, 화나셨습니까? 지금이 어느 시대입니까? 남북이 통일됐다는 사실을 잊으신 겁니까?"

리철이 나서서 향기 어머니를 설득하려 애썼다.

"리철이 넌 내가 그동안 당한 수모를 몰라서 하는 소리냐? 딸이 남조선으로 넘어갔다고 보위부 수시로 드나드는 바람에 숨도 못 쉬고 살다 작은아버지 돌아가신 거 벌써 잊었어? 통일됐다고 하루아침에 세상이 개벽하는 줄 알아? 절대 아니야! 간신히 당 간부 만나서 기지개 좀 켜고 살려는데 향기 때문에 모든 게 물거품 되면 어떡할 거야? 할 말 있으면 해 봐!"

향기 엄마가 세상을 떠난 향기 아빠 이야기를 하며 울먹이자 모두 숙연해졌다.

"엄마, 저 때문에 엄마 아빠 마음고생 많이 하신 것 알아요. 그러다 아빠가 돌아가신 점, 다 제 탓 같고 죄송해요. 그런데요 엄마……. 이제는 세상이 달라졌어요. 제가 남조선에서 산 경험이 전혀 헛되지 않을 거예요. 오히려 플러스가 될 거라고요. 전 지금까지 혼자 무엇이든 결정하며 살아왔어요. 엄마가 말려도 난 백두산에 갈 거예요. 엄마가 반대해도 다시 서울에 가서 내 전공 살리는 공부도 할 거니까, 괜히 마음 다치지 마세요."

향기가 단호한 표정으로 말하자 무슨 일이라도 벌어질까 두려워 모두 잔뜩 긴장했다. 언제 눈앞에서 폭탄이 터질지 몰랐다. 향기 엄마는 연신 두리번거리며 정혁 일행을 살핀 후, 냅다 소리를 질렀다.

"너희는 왜 자꾸 마음잡고 살려는 애를 휘저어서 이 분란을 일으키는 거냐? 니들이나 가려는 길로 가!"

"작은어머니, 고정하세요! 우리가 백두산에 도둑질하러 갑니까? 통일의 기운을 누려 보자는 젊은 패기 아닙니까? 난 향기의 용맹스러움이 존경스러울 정도인데, 작은어머니는 왜 자꾸 어린아이 다루듯 합니까! 내가 백두산 천지 가자고 선동했어요. 그러니 날 꾸짖으세요."

정혁은 모두의 방패막이 되어 주는 리철이 더없이 고마웠다.

"하긴 어미 말 들을 년이면 새벽 강을 건너 도망쳤겠어? 머리 컸다고 자기 멋대로 하겠다는데, 나도 모르겠다."

향기는 물론 리철마저 세게 나가자 향기 엄마는 포기한 듯 백기를 들었다.

"엄마, 걱정하지 마세요. 미용 기술 더 많이 배워서 나중에 고향에 와서 멋진 미용실 낼 거니까……. 지켜보세요. 일단 백두산 천지에 가서 팍! 팍! 기부터 받아 올게요. 백두산이 영산이잖아요!"

향기는 엄마 앞에서 엄지손가락을 올려 보이며 자기 포부를 밝혔다. 미소는 향기를 향해 마음으로 응원의 박수를 보냈다.

"여태껏 네 마음대로 살았으니 그대로 놔두란 말이냐? 백두산 천지에 가면 신분이 달라져? 당 간부증이 나오는 것도 아니고. 사람들 눈에 띄면 엄마가 또 도마 위에 올라가니까 걱정하는 거 아냐!"

"엄마, 사람들 말보다 내 삶이 더 중요해요. 내가 엄마에게 누가 되지는 않을 테니 걱정 마세요. 백두산 갔다가 곧바로 서울 갈 거예요. 더 많이 배운 뒤, 멋진 헤어 디자이너가 되어 나타날게요. 엄마에게 절대 부끄럽지 않은 딸이 될 것만은 자신해요."

"어휴, 네 맘대로 해라!"

향기 엄마는 안방에 들어가 옷가지 등 가방을 싼 뒤 마당에 서서 일행을 훑어보았다.

"작은어머니, 걱정 마세요. 향기는 제가 책임지겠습니다."

리철이 장난처럼 향기 엄마의 어깨를 주무르며 부드럽게 말했다.

"바빠서 곧 나가 봐야 해. 무슨 일 생기면 책임지지 않을 테니 그리 알아."

향기 엄마는 대문 밖으로 나가 자동차 시동을 걸었다. 그 모습을 물끄러미 바라보던 향기가 대문을 닫고 들어서자, 일행의 얼굴이 제자리로 돌아왔다.

"휴, 향기 엄마만 보면 간이 오그라드는 것 같아!"

미소가 양손을 싹싹 비비며 농담처럼 말하자 모두 웃음을 풋 터뜨렸다.

리철이 나침반과 지도를 들어 올리며 선포하듯 외쳤다.

"자, 떠나자! 백두산을 향해!"

"리철 형, 믿어도 되는 거지? 난 한 번도 백두산을 오를 상상조차 못 했어. 근데 형이 나서 주니까 뭔가 큰일을 눈앞에 둔 느낌이야. 여기서 시간을 죽이는 것보다 훨씬 좋은 생각인 거 같아. 지금부터 내가 형의 조수 역할 잘할 테니까 뭐든 시켜."

평소와는 달리 정혁이 의욕에 넘쳐 주먹까지 치켜올리며 말했다.

"우아! 내 동생 정혁이가 완전 달라졌네! 여자 친구 때문에 공부도 하고, 이젠 북한 토박이 만나 용기까지 생겼네. 고향에 오길 잘했어."

"내가 언제까지 누나 그늘 밑에서 보호만 받는 어린아인 줄 알았어? 나도 사나이라고! 그치, 미소야!"

정혁의 너스레에 미소가 큰 소리로 웃었다.

"여기서 무산까지 가는 버스를 타려면 꽤 많이 걸어야 하거든. 일단 이 봉지 하나씩 받아!"

리철이 검은 봉지를 나눠 주며 말했다.

"어머! 이건 누룽지 아냐? 리철 오빠, 정말 대단하다. 우리가 먹을 양식까지 준비하다니. 맛있는 돼지고기에 싱싱한 채소를 먹은 것도 고마운데."

미소가 정말 감격스럽다는 듯 리철을 향해 배꼽 인사를 했다.

"뭘 이 정도 갖고 그래? 하하."

"미소 엄마가 싸 준 간식도 그대로야. 고향 사람들 나눠 주려 했는데 아무도 만나질 못해서 그대로 있어. 이것도 서로 나눠서 가방에 넣자."

수진은 미소가 줬던 초코파이도 하나씩 일행에게 나눠 주었다.

"든든하다! 굶어 죽지는 않을 것 같아. 초코파이만 보면 메콩강 건너던 생각이 나. 중국 공안 눈 피해 태국 대사관까지 가면서 초코파이 세 개로 견뎠잖아. 정혁이 너도 그랬지?"

향기의 말에 미소는 무슨 말인가 의아했다. 정혁은 옛 생각이 새록새록 나 영웅담처럼 이야기를 시작했다.

"메콩강 시뻘건 물을 보며 처음 초코파이 먹었는데, 와……! 달콤하고 사르르 녹는 맛이었어. 한입에 다 들어가도 시원찮은데 브로커 아저씨가 어찌나 아껴 먹으라고 윽박지르던지. 정말 감질났어. 지금은 초코파이 먹어도 그때 맛이 안 나. 이제 내가 배가 불렀나 봐."

정혁의 말에 리철이 한 수 거들었다.

"여기도 개성 공단 열리면서 초코파이가 들어왔잖아. 처음 사 먹는데 진짜 말 그대로 '별세계'더라. 근데 초코파이를 이렇게나 많이 가져왔어? 역시 서울 사람들은 뭐가 다르네. 배포가 커."

리철은 수진이 나눠 준 간식 봉지를 받아들고는 신세계를 만난 듯 오랫동안 들여다보았다.

"자, 이제 진짜 떠납니다."

리철이 앞장서 걷고 그 뒤로 정혁과 미소가 소풍 가는 아이들처럼 뒤따랐다. 향기와 수진은 좀 더 뒤에서 두런두런 이야기를 나누며 걸었다.

길을 걷다 보니 마을 주민들이 보였다. 폭우로 쑥대밭이 된 밭고랑에 앉아 일하는 이웃의 모습이 힘겨워 보였다. 회화나무 밑에는 몇몇 어르신이 늘어지게 잠을 자고 있었다. 그 옆에서 졸고 있던 누렁이가 일행을 보자 컹컹 짖었다.

"우리 집에서 키우던 누렁이 닮았다, 누나. 그치? 누렁이도 아빠랑 같이 떠난 걸까?"

정혁이 애잔한 눈빛으로 누렁이를 보며 말했다.

"그러게. 너를 유난히 따랐는데."

수진도 누렁이를 보고 같은 생각을 했는지 젖은 목소리로 말했다.

"너무 후텁지근하고 덥다. 차라리 비라도 쏟아졌으면 좋겠네."

미소가 이마의 땀을 닦으며 투덜대듯 말하자 리철이 질색하며 손사래를 쳤다.

"아냐! 비가 오면 꼼짝도 못 해. 폭우로 끊겼던 버스가 간신히 다니기 시작했다는데, 또 끊기면 안 되지. 얼른 가 보자고."

땀으로 샤워라도 한 듯 옷이 다 젖을 즈음 간이 정거장이 나왔다. 정혁은 정거장 풍경 또한 예전과 똑같은 것을 보며 생각했다.

'타임머신을 타고 과거로 온 것 같아. 10년 전이나 지금이나 어쩜 이렇게 똑같을 수가 있지.'

정류장 안에는 사람이 별로 없어 썰렁한 분위기였다. 미소는 이 모든 게 신기한 듯 두리번거리며 구경하느라 바빴다. 향기가 시간을 확인하고 수진과 리철이 매표소로 달려갔다. 청색 제복을 입은 안내원에게 리철은 큰 소리로 물었다.

"여기서 무산까지 얼마나 걸립니까? 무산까지 가는 버스 여기서 타는 거 맞지요?"

혹시라도 버스를 놓칠까 봐 염려스러운 리철이 간절한 목소리로 물었다.

"30분 있으면 옵니다. 마지막 차니까 표 끊고 기다리세요."

안내원은 투박하면서도 냉랭한 목소리로 말했다.

"이거, 우리 세 사람 차비야!"

수진이 지갑에서 지폐를 꺼내 리철에게 건넸다.

정혁은 미소의 손을 잡으며 눈으로 말했다.

'고마워, 네 덕분에 백두산 여비 걱정 덜었네.'

미소는 정혁의 마음을 읽었다는 뜻으로 마주 잡은 손에 살짝 힘을 더했다.

표를 끊고 돌아온 리철이 배낭에서 물을 꺼내 마시며 말했다.

"여기서 무산까지 교통이 좋지 않다고 하네. 아마 밤에나 도착할 거야."

그 이야기를 듣고는 미소가 가방에서 뭔가를 꺼냈다.

"이거 먹으면서 요기하고 있자. 말린 과일이야. 엄마랑 남미 여행 가서 처음 먹어 보고 넘 맛있어서 종종 사 먹거든. 가방에 챙겨 왔지! 미니 초콜릿도 같이 먹자."

미소는 초콜릿이며 말린 과일을 건네주면서 리철에게 말했다.

"리철 오빠는 내가 특별히 두 개 더 줄게. 우리의 가이드이자 대장 이니까. 백두산 정상에 오르는 그날까지 잘 부탁한다는 뇌물!"

정혁은 언제 어디서나 분위기를 살리는 미소가 더없이 사랑스러웠다. 리철에게 유독 친절한 게 살짝 불만이지만.

"서울 초콜릿 맛은 어떨까? 러시아산 초콜릿은 먹어 봤는데 말린 과일은 처음이네. 미소가 주는 뇌물이라 더 맛있을 것 같아. 그나저나 미소는 남미 여행도 가고, 부르주아인가 봐. 서울 부자 말이야."

리철이 호탕하게 웃으며 초콜릿 껍질을 장난스럽게 뜯었다.

"부자는 아니고, 엄마의 꿈이 여행 작가였어. 못 이룬 꿈을 딸에게 열심히 전수 중이셔. 왜 엄마들은 자기 욕심을 딸에게 넘기려고 할까?"

미소가 무심히 말하자 향기도 공감한다는 표정으로 고개를 끄덕였다. 다 같이 간식을 입안에 넣고 우물거리는 사이 낡은 버스가 털털거리며 왔다.

"얼른 타자. 무산까지 가려면 앉아 가야 해."

리철의 지시대로 일행은 잽싸게 버스에 올랐다. 겉보기와는 달리 버스 안은 깨끗했다. 특이한 건 표를 받는 남자 안내원이 있다는 점이었다. 미소는 남자 안내원이 의자까지 지정해 주자 의아한 얼굴로 쳐다보았다.

"여기는 버스에 안내원이 있어."

정혁이 미소에 귓속말로 알려 주며 옆자리에 앉았다. 다행히 모두 창가에 자리를 맡았다.

"아, 드디어 백두산을 향해 가는구나! 꿈만 같아."

미소의 고백에 모두 고개를 끄덕이며 창밖으로 눈길을 돌렸다.

지난밤 잠을 제대로 못 잔 탓에, 향기는 자리에 앉자마자 곯아떨어졌다.

"누나는 서울에서 사범 대학 다닌다면서요? 어때요? 누나가 서울에서 살았던 이야기 듣고 싶어요."

리철의 진지한 질문에 수진은 가슴이 따뜻해지는 느낌이 들었다. 그동안 공부하며 겪은 힘들었던 일이나 뿌듯했던 순간이 주마등처럼 스쳤다.

118

"북한에서 공부한 건 학과 진도에 별 도움이 안 되더라고. 처음에는 남한 아이들과 공부하고 싶어서 일반 학교에 지원했어. 두 달도 못 가서 탈북 아이들만 모아 가르치는 학교로 전학했지. 참 많이 서럽고 힘든 시기였어, 그때가."

수진이 차근차근 이야기보따리를 풀자 리철은 더욱 가까이서 듣고 싶어 옆으로 바싹 붙었다.

"그렇게 남한 아이들 실력이 좋은 거야? 예상 밖이네……."

리철은 수진의 말이 이해가 안 된다는 듯 큰 눈을 반짝이며 다음 말을 기다렸다.

"말이 안 통하는 외국에 유학 간 것이나 마찬가지야. 교과 과정이 여기랑은 전혀 다르니까. 무슨 과목이든 처음부터 배우는 것이나 다름없었어. 특히 영어가 더 했지. 역사도 여기서 배운 내용과 반대인 경우가 있어서 헷갈렸어. 무엇보다 문화가 다르니까 이해하기도 힘들고 적응도 어려웠지."

"어휴, 말만 들어도 숨이 막히네. 역사가 반대라는 건 무슨 뜻이지?"

리철이 정말 궁금하다는 표정으로 물었다.

"북에서는 삼국 통일을 고구려가 했다고 배웠잖아. 남한에 가니까 삼국 통일은 신라가 한 거더라고. 한글을 만든 세종대왕에 대해서도 그리 중요하게 배우지 않았는데, 사실은 엄청 중요한 인물이더라고. 서울에서 공부하면서 일본 강점기 위인들의 활약상도 자세히 배웠지. 여기서는 김일성 장군의 활약상만 강조하잖아."

"와! 정말 놀랍네. 통일됐어도 교육 문제 등 합의점을 끌어내려면 힘들 것 같아, 누나!"

"역시 영재학교 다니는 수재라 넌 생각하는 것 자체가 다르구나."

수진의 칭찬에 리철은 어깨를 으쓱해 보이며 다음 질문을 했다.

"그토록 힘든데 누나는 어떻게 대학에 들어갔어?"

"탈북생들을 위한 대안 학교에 가니 맞춤식 수업을 하더라고. 그게 도움이 됐어. 그래서 내가 원하는 사범 대학에 들어간 거지. 대학에 가서도 하루에 세 시간 이상 자 본 적이 없어."

수진은 그동안 품고 있던 어려움을 고해성사하듯 진솔하게 털어놓았다. 리철이 자기 이야기를 경청하자 천군만마를 얻은 것처럼 든든했다.

"여기서 공부 잘하던 누나도 적응하기 힘들었는데……. 보통 아이들은 얼마나 더 힘들었을까?"

리철이 모든 게 이해된다는 듯 맞장구를 쳐 주자 누나는 더욱 편하게 이야기를 이어 갔다.

"경제적으로 넉넉지 못하니까 장학금 받아야 하잖아. 난 거의 모든 과목을 외울 정도로 책을 팠어. 남들은 정말 모를 거야. 얼마나 피를 말리는 나날이었는지. 실은 정혁이가 대학 안 가고 그냥 아르바이트하면서 살겠다고 할 때 말리고 싶지 않았어. 동생은 공부에 관심이 없다는 걸 아니까. 그래도 대학을 나와야만 사람 대접받는 세상이라 어쩔 수 없었어. 강하게 밀어붙이는 중이야. 남자 간호사가 주목받는 시대라고."

수진은 이 말을 하며 맨 뒤에 앉은 정혁을 살폈다. 정혁과 미소가 두 손을 꼭 잡은 채 꾸벅꾸벅 조는 모습을 보며 다행이다 싶었다.

"나도 실은 서울에 가고 싶었어. 몰래 남조선 영화를 보면서 더욱 그런 생각이 들더라고. 서울에 가면 왠지 근사한 세상이 날 기다릴 것 같았는데 누나 얘기 들어 보니 쉽지만은 않은 것 같네."

리철이 속삭이듯 말을 마쳤는데도 남자 안내원에게 모든 이야기가 들린 듯싶었다.

"조용히 좀 합시다! 사연을 들어 보니 할 이야기가 많은가 본데, 그래도 다른 승객들에게 방해되면 되겠습니까?"

남자 안내원은 두 사람이 한 말을 들은 것이 아무렇지 않은 듯 무심하게 말했다. 오히려 얼굴이 빨개질 만큼 민망해하는 건 수진이었다.

"누나, 나중에 더 이야기 나누자. 피곤한데 일단 눈 붙여. 아직 갈 길이 머니까."

리철의 말에 수진은 알았다는 뜻으로 고개를 끄덕이고 눈을 감았다.

버스는 점점 더 울림이 심한 길을 향해 달렸다. 달릴수록 비포장도로가 더 많이 나왔다. 덜컹거릴 때마다 깜짝 놀라 잠에서 깨던 미소도 나중에는 익숙해졌다.

"지금부터 20분간 쉬었다 갑니다. 위생소 다녀오실 분은 얼른 다녀오세요!"

졸고 있는 승객들을 깨운 건 안내원 남자의 투박한 말투였다. 바람한 점 없는 여름 날씨라 후끈했다. 하늘은 금방이라도 소나기가 내릴 듯 시커멓게 내려앉았다. 그래서인지 더욱 끈적거리고 불쾌지수가 높았다.

"고속버스도 아니고 일반 버스인데 쉬었다 가네? 신기하다!"

잠에서 깬 미소가 하품하며 말했다.

"화장실 들르라는 거야."

리철의 말에 일행은 주변을 살폈다. 아무리 눈을 씻고 봐도 화장실이 보이지 않았다. 허허벌판에 허름한 집 두 채뿐. 그런데 버스에서 내린 사람들이 여자 따로, 남자 따로 몰려가는 모습이 보였다.

"저기, 아줌마 따라가 봐. 간이 화장실이 보일 거야."

정혁이 미소한테 귓속말하는 사이에 곁에 다가온 향기가 씩씩하게 말했다.

"나랑 같이 가자. 미소 넌 어쩌면 까무러칠지도 몰라."

미소는 얼떨결에 향기의 뒤를 따랐다. 지붕도 없이 가마니로 살짝 가린 사과 궤짝 같은 곳으로 여자들이 들어갔다. 간이 화장실이라고는 믿어지지 않을 만큼 조악한 건물이었다.

"헉, 저기서 어떻게 일을 봐?"

미소가 놀라움을 감추지 못한 채 소리를 지르자 향기가 다른 사람들 눈치를 보며 말했다.

"중국 오지에 가도 이런 화장실 많아. 그래도 밖에서 네 모습이 보이지는 않으니까 안심해."

향기는 아무렇지 않게 간이 화장실로 들어갔다. 미소도 이를 악물고 화장실 문을 열었다. 지독한 냄새가 코를 찔렀다. 세상에! 책에서만 본 재래 화장실을 여기서 보다니. 간신히 앉았다. 꼼지락꼼지락. 오물통 속에서 구더기 떼가 등산하듯 오물통을 기어올랐다. 미소는 벌떡 일어나 버스 있는 곳으로 달려갔다. 토할 것 같아 숨을 들이마신 채였다. 미소 인생에서는 한 번도 겪은 적 없었던, 기상천외한 경험이었다.

어느새 자리에 돌아온 리철은 미소가 안절부절못하는 모습을 보자 감을 잡았다는 듯 웃었다.

"미소야, 너 화장실 못 갔구나! 참을 수 있겠어?"

"그런 화장실 처음 봤어. 도저히 앉아 있을 수가 없었어!"

승객이 다 돌아오자 낡은 버스는 목적지를 향해 야생마처럼 달렸다. 그때마다 미소는 아랫배를 움켜잡았다.

승객들은 약속이나 한 듯 고개를 푹 숙인 채 다시 깊은 잠으로 들어갔다. 그러나 미소는 무산을 향해 가는 길이 참으로 멀게만 느껴졌다. 길 떠나면 고생이라더니, 진짜 고되다는 생각만이 미소의 머릿속에 가득했다.

다시 그 자리, 무산에서

.

산 넘고 물 건너 겨우겨우 무산 터미널에 도착했다. 버스에서 내린 일행은 마치 절임 배추처럼 축 처져 있었다. 미소는 내리자마자 화장실부터 찾았다. 터미널 내 화장실도 깨끗하지는 않으나, 그래도 아까에 비하면 충분히 참을 만한 상태였다.

어느덧 땅거미가 지기 시작한 무산 거리는 사람이 거의 없어 무척이나 휑했다.

"정혁아, 두만강 건너기 전에 여기 무산에서 며칠 머물다 갔잖아, 브로커 아저씨가 다른 사람들 기다린다고. 아마 강 가까이에 있는 민박이었던 것 같아. 그때는 정말 무서웠지. 어디를 가는 건지도 모르겠고 보위부에게 잡힐까 봐. 정말이지 숨도 못 쉴 정도였는데 다시 그 자리에 오다니 감회가 깊다."

수진이 꿈만 같은 듯 잠긴 목소리로 낮게 말했다.

124

"누나, 난 그때 어렸잖아. 강을 건너는 일이 얼마나 힘들고 무서운 줄도 모르고. 무작정 엄마를 만나러 간다는 것만 좋아서 따라나섰지."

정혁은 무산에 머물렀다는 것조차 희미했다. 두 사람의 이야기를 가만히 듣던 향기가 한마디 거들었다.

"나도 두만강을 건넜어. 브로커 아저씨가 데려온 네 명과 같이 건넜는데 한여름이라 물이 불어서 진짜 죽는 줄 알았어. 거센 물살에 떠내려가는 나를 동행한 아줌마가 구해 줬어. 그 아줌마랑은 지금도 서울에서 가끔 만나. 내가 미용 학원에서 파마 배운 뒤로 아줌마한 테 '뽀글이 파마'도 해 줬어. 얼마 전에는 눈썹 문신도 해 드렸고. 와, 다시 그 자리에 오니 기분이 묘하네."

향기가 향수 가득한 눈길로 중얼거리자 미소가 나섰다.

"진짜 기분이 남다르긴 하겠다. 그땐 도망자였던 사람들이 지금은 당당하게 고향 찾아온 거잖아. 난 남친 따라 북녘 여행 온 여친이고, 호호!"

미소는 특유의 말투로 농담처럼 경쾌하게 말했다.

"남조선에 가 뿌리 내리며 산 이야기는 돈 주고 살 수 없는 경험일 거야. 아주 값진 순간 말이야. 난 못 가 본 길이잖아. 그나저나 이렇게 옛이야기에 젖어 있을 때가 아니야."

리철은 허둥대며 안내 데스크로 갔다. 다급한 목소리로 대홍단 가는 버스 시간표를 물었다.

"오늘은 이미 막차 떴습니다. 내일 아침 여덟 시에 첫차 있습니다."

담당 직원이 친절한 목소리로 답했다.

"아무래도 오늘은 근처에서 머물다가 내일 아침 일찍 버스 타야 할 것 같아. 숙소부터 구하고 저녁 먹는 편이 낫겠지?"

리철이 동의를 구하자 정혁이 나섰다.

"우리는 형만 무조건 따를게."

정혁이 모든 걸 맡긴다는 식으로 말했다.

"리철 오빠, 일단 밥부터 먹으면 안 돼? 새벽부터 지금까지 먹은 게 없잖아. 배고파서 쓰러질 것 같단 말이야."

미소가 파리한 얼굴로 말하자 리철이 수진에게 조언을 구했다. 이야기를 듣고 잠시 생각하던 수진이 고개를 끄덕였다.

"그러자. 숙소는 찬찬히 살펴봐야 하니까 일단 요기부터 하는 게 좋겠어. 모두 너무 지쳤어. 초반에 너무 힘 빼면 안 되잖아."

"역시 누나가 있으니 든든해. 터미널 근처에서 허기부터 채우자고."

일행은 허름한 터미널을 나와 거리를 기웃거리며 음식점을 찾았다.

"저기 들어가자. 통일 바람으로 북한에도 퓨전 음식점이 많이 생겼어. 한식, 양식, 중식 다 있어서 좋아하는 사람들이 많아. 들어가서 자기 식성대로 골라 먹기!"

터미널 앞에 줄지어 있는 음식점 중에 꽤 넓은 곳으로 들어갔다.

식당 안은 한적한 거리와 달리 사람들로 북적였다. 시끌벅적 술 마시는 아저씨들, 그 가운데 쉴 새 없이 떠드는 중국 사람들의 억양이 특히 귀에 거슬렸다. 무산은 통일 전부터 중국인이 많이 드나드는 곳이었다. 무역하는 사람들의 집결지이기 때문이다. 탈북 루트의 중심지였기에 보위부의 감시가 삼엄하던 곳이었다.

"일단 구석으로 들어가서 자리 잡자."

리철의 안내대로 뒷자리에 앉아 메뉴판을 보니 음식 종류가 다양했다.

"참, 리철아. 우리가 여기 물가를 잘 모르니까 네가 맡아서 해 줄래? 여비며 활동비는 모두 너에게 맡길게. 나중에 여행 마치고 한꺼번에 정산하자. 우린 미소한테 달러 빌렸거든. 돈 관리까지 맡겨서 미안해."

수진의 말에 향기도 가방을 열어 달러를 꺼냈다.

"오빠, 나도 서울서 달러 바꿔 왔어. 수진 언니 말대로 한꺼번에 계산하는 게 좋을 것 같아."

"남북 화폐가 바뀌려면 아직 시간이 걸리나 봐. 지금은 남과 북 모두 예전 화폐를 쓰니 불편하긴 해. 달러나 유로만 쓸 수 있다고, 엄마가 달러로 넉넉하게 바꿔 주셨거든. 무엇이든 통일되는 건 쉽지 않은가 봐. 직접 북한에 와 보니 더욱 실감이 나."

미소가 주위를 두리번거리며 말했다.

"그래! 걱정 마, 내가 맡을게. 일단 주문부터 하자고. 백두산 구경도 식후경이지!"

리철의 호탕한 말에 모두 찬성했다. 각자 먹고 싶은 걸 주문하려고 메뉴를 살펴봤다.

```
평양냉면
바스레기 두부탕
돼지 내포탕
짜장면
농마 국수
```

메뉴를 읽고 있자니 미소에게는 낯선 음식이 많았다. 역시 각자의 스타일대로 시켜서 조금씩 나눠 먹는 것도 재밌을 듯했다. 단정한 차림의 종업원이 주문을 받은 뒤 일행 사이에 잠시 정적이 흘렀다.

정혁은 서울에서 무산까지 온 길이 길게 느껴졌다. 마치 꿈속을 헤매는 기분이었다. 서울에서는 상상도 못 했던 일들이 벌어지고 있으니 말이다.

"난 고향에 와서 이렇게 맘대로 돌아다닐 수 있다는 게 믿기질 않아. 여전히."

정혁이 감격스럽다는 듯 말했다.

"나도 나도. 청진에서는 마음이 깜깜했거든. 무섭기도 하고 차라리 얼른 서울에 가고 싶기만 했어. 근데 지금은 아냐. 백두산에 간다는 생각만으로도 너무 좋아. 뭔가 큰일을 하는 것 같은 느낌이랄까. 북한에 와서 리철 오빠를 만난 건 완전 신의 한 수야."

미소가 리철을 바라보며 유쾌 발랄하게 말했다. 리철은 미소의 칭찬에 기분이 좋은지 씩 웃었다. 수진도 늘 밝은 미소를 한없이 사랑스러운 눈으로 바라보았다.

"정혁이에게는 잠깐 말했는데, 난 향기가 남조선에 갔다는 얘기를 듣는 순간 부러웠어. 그래서 나도 용기를 내서 강 건널 생각까지 했지. 남조선에 가서 해 보고 싶은 게 많았어. 남조선 영화나 음악을 몰래 접하면서 많이 동경했지. 서울에서 온 동무들이 반가울 수밖에 없던 이유야. 그래서 학교에서 단체로 백두산 몇 번 가 본 경험으로 안내를 맡겠다고 나선 거고. 그때 못 본 천지, 이번에는 꼭 보고 싶어."

리철의 말을 들으며 가장 놀란 것은 향기였다.

"난 오빠는 남조선 영화나 노래, 전혀 관심 없을 줄 알았어. 통일되자마자 집에 왔더니 엄마는 날 숨기려고만 해서 무지 속상했는데 오빠는 다르네. 덕분에 백두산 구경 가게 된 것도 행운이고."

서로 속내를 털어놓은 사이, 음식이 나오기 시작했다.

"무산에서 먹는 평양냉면 맛은 어떨까? 난 진짜 냉면 좋아해서 엄마랑 자주 먹는데."

미소가 냉면 그릇을 자기 앞으로 당기며 말했다.

"농마 국수 너무 먹고 싶었는데 서울에서는 아무리 찾아봐도 없었어. 하긴 녹두로 만든 국수니까 북한에서만 먹을 수 있는 음식이겠지."

수진이 농마 국수를 허겁지겁 먹으며 말했다.

"난 짜장면 냄새만 맡아도 침이 넘어가."

리철이 짜장면 그릇을 껴안듯 말하자 모두 의아한 얼굴이었다.

"이제껏 먹었던 짜장면은 중국식 맛이었어. 퓨전식 짜장면은 정말 특별해서 맛있어. 입에 착 감기는 맛이랄까."

"돼지 내포탕! 역시 맛있어. 슴슴하고 깔끔한 이 맛, 넘 좋아. 서울에서 먹은 돼지 국밥이랑 비슷한데 이게 훨씬 더 담백해. 양념 맛 강하지 않아서 좋고! 진짜 고향의 맛을 보는 것 같아."

땀까지 뻘뻘 흘리며 맛을 본 향기의 말에 정혁이 거들었다.

"바스레기 두부탕도 마찬가지야. 서울서 바지락 순두부 먹을 때는 양념 맛밖에 없었거든. 이건 바스레기 맛도 삼삼하고 깔끔해. 양념 맛 강하지 않아서 좋다는 말에 적극 공감. 서울 음식은 양념 맛이야. 고유의 맛을 느끼기 힘들 정도로."

정혁이 손짓까지 하며 열변을 토하자 미소가 의아한 눈빛으로 반격했다.

"정혁아, 너 나랑 서울서 음식 먹을 땐 뭐든 맛있다며?"

"그거야 너랑 먹으니까 맛있는 거지. 음식이 입맛에 딱 맞았던 건 아니야."

정혁과 미소가 서로 음식을 나눠 먹으며 장난치고 티격태격하는 모습을 향기가 물끄러미 바라보았다. 그러다가 급기야 동의를 구한다는 듯 일행에게 눈을 맞추며 말했다.

"어허, 너무 눈에 띄는 애정 행위는 금합시다!"

"하하! 향기가 두 사람 질투하네!"

누가 시킨 것도 아닌데 리철과 수진이 한목소리로 외쳤다.

"질투는 무슨. 그냥 서로 심플하게! 쾌적하게 여행하자는 말이지."

향기는 말해 놓고 멋쩍은지 머리를 긁적이며 얼버무렸다.

향기가 정혁을 진짜 좋아하나 싶어서, 미소는 향기의 속마음이 더욱 궁금해졌다. 분위기가 어색해지자 정혁은 얼른 화장실로 자리를 피했다.

"이쪽 말 같기도 하고, 요상한 말투도 들리네. 어디서들 왔나?"

주인아줌마가 서비스로 색쌈, 즉 달걀말이를 내놓으며 물었다.

"백두산 가는 중입니다. 서울 토박이도 있고 북한 토박이도 있어요. 남북 친구들이 천지 구경 가려고요. 근데 대홍단 가는 차가 끊겼어요."

리철의 말에 주인아줌마는 호구 조사하듯 연신 질문을 쏟아 내다가 길게 숨을 내쉬었다.

"서울 토박이도 있고, 고향을 등졌던 사람들이 다시 찾아오기도 하고. 별별 사람들이 우리 식당에 밥 먹으러 온 걸 보니 통일이 좋긴 좋구면."

주인아줌마가 목청을 높이는 바람에 사람들의 시선이 정혁 일행에게 일제히 쏠렸다. 일행 모두가 동물원에 갇힌 기분이었다. 혼자 앉아 국밥을 먹던 남자도 유심히 아이들을 살폈다.

"배신하고 떠날 땐 언제고……. 다시 고향을 찾아와? 뻔뻔하긴."

얼큰하게 술에 취한 아저씨가 시비를 걸었다. 단단히 화가 난 말투였다. 함께 술을 마시던 사람들도 불쾌한 표정으로 일행을 바라봤다. 옆에 있던 손님들도 웅성대며 한마디씩 거들었다.

"통일됐다고 서울 사람들은 여행이나 다니고 팔자 좋네. 우리는 살기 더 힘들어져서 난리인데, 젊은 것들이 끼리끼리…… 그림 좋네!"

화장실에 다녀온 정혁과 그 곁에 앉은 리철의 얼굴에 먹구름이 내려앉았다. 향기는 잽싸게 배낭을 메고 식당 밖으로 나갔다. 미소는 대꾸하면 안 될 듯싶어 조용히 분위기를 살폈다.

"얼른 나가자."

수진의 말에 리철이 계산을 마치고 모두 도망치듯 밖으로 나왔다.

"난 아무 생각 없이 고향에 찾아왔다고 말했을 뿐인데 사람들이 기분 상했나 봐. 미안해, 나 때문에 괜히 봉변당해서……."

리철이 시무룩 말하자 수진이 어깨를 두드려 주었다. 음식점에서 나온 일행은 말없이 거리를 걸었다.

"숙소는 터미널 가까운 데로 가 보자고."

다행히 저렴하면서도 깨끗해 보이는 민박이 눈앞에 보였다.

"방 있습니까?"

리철이 성큼성큼 안내석으로 다가가 물었다. 잠시 후 긴 은발을 뒤로 묶은 할아버지가 형형한 눈빛으로 일행을 살피며 말했다.

"침대 방은 다 찼소. 온돌방 두 개밖에 없는데 괜찮겠소?"

할아버지가 무심하게 툭툭 말을 던졌다. 개량 한복 비슷한 차림에 꽁지머리까지. 예사롭지 않은 차림에 말투마저 도사를 연상케 했다.

"민박 할아버지 포스 장난 아니다!"

미소가 일행을 향해 나지막이 소곤거렸다.

"산 할아버지 닮았네. 그나저나 터미널 옆이라 그런지 손님이 엄청 많다. 여기도 통일 덕을 보나 봐."

리철이 혼잣말을 한 뒤 여자들끼리 머물 숙소 열쇠를 주었다.

각기 방에 들어가 짐을 풀자마자 모두 약속이라도 한 듯 꿈나라로 들어갔다. 밤새 무슨 일이 일어날지 전혀 상상도 못 한 채.

사라진 배낭은 어디에

리철은 밤새 쫓기는 꿈을 꾸었다. 좀비처럼 생긴 물체에 쫓기다 뒤를 돌아보면, 엄청난 크기의 구렁이가 온몸을 휘감아 숨이 막혔다.

"휴, 무슨 일이지!"

식은땀을 씻으며 정혁을 보니 곤히 자고 있었다. 리철은 멍하니 앉아 창밖을 뚫어지게 바라보았다. 여명이 밝아 오며 뿜어내는 붉은빛이 예사롭지 않았다.

리철은 조용히 문을 열고 나와 화장실에 다녀왔다. 마당 끝에 있는 화장실을 나서다 보니 댓돌 위의 신발들이 한눈에 들어왔다. 왠지 어젯밤보다 신발 수가 적은 것 같았다. 불길한 느낌에 급히 방으로 들어왔다.

리철은 어젯밤 바로 곯아떨어지는 바람에 팽개쳐 놓다시피 한 배낭을 찾았다.

아뿔싸, 큰 배낭! 가방이 보이지 않았다. 분명 방구석에 놓고 잤는데 말이다. 찰나지만 수많은 생각들이 스쳐 갔다. 쿨쿨 자는 정혁의 머리맡도 살폈다. 국방색 배낭이 약이라도 올리는 것처럼 빤히 쳐다보고 있었다. 식은땀이 흘렀다. 리철은 일어나 전등을 켰다. 불길한 생각을 떨쳐 버리려 한 손을 가슴에 얹었다.

아무리 생각하고 아무리 방을 샅샅이 뒤져도 없다. 영재학교에서 백두산 오를 때 단체로 준 붉은 배낭이라 쉽게 눈에 띄는데 말이다. 철렁! 가슴에서 마치 폭탄 떨어지는 것 같은 소리가 들렸다. 혹시라도 잠결인가 싶어 리철은 다시 눈을 벅벅 비비고 구석구석 살펴보았다. 정혁이 덮고 있는 이불도 들췄지만 소용없었다. 정혁의 튼실한 종아리만 유난히 굵어 보일 뿐이었다.

"아, 큰일 났다! 도둑이 들었나 봐!"

리철의 목소리가 얼마나 큰지, 업어 가도 모를 것처럼 깊은 잠에 빠져 있던 정혁이 벌떡 일어났다.

"형, 무슨 일이야? 왜 안 자고 잠꼬대야!"

리철은 부스스한 얼굴로 일어난 정혁의 손을 꽉 움켜잡았다.

"밤새 도둑이 들었어. 내 배낭을 통째로 갖고 날랐어. 어쩌냐! 백두산 갈 여비 통째로 잃어버린 것 같아."

"도둑이? 그럴 리가! 혹시 누나 방에 잘못 가져간 거 아닐까? 어젯밤에 너무 피곤해서 모르고 가져갈 수도 있잖아, 형."

정혁의 말이 그럴듯했다. 리철 얼굴의 검은 그림자가 금세 사라지는 느낌이었다. 그러나 목소리 톤은 더욱 높아졌다.

"아직 새벽이라 잘 텐데, 누나 깨워도 될까?"

리철은 당장에라도 수진을 깨우고 싶었지만 침착하려 애썼다.

"내가 깨울게."

정혁은 마당 끝에 있는 방으로 가서 노크도 없이 문을 열었다. 모두 곤히 자느라 정혁이 들어온 줄도 몰랐다.

"이러니 도둑이 들어도 몰랐지."

수진 옆에서 꿈속의 공주처럼 잠든 미소를 보자 정혁은 저도 모르게 가슴이 두근거렸다. 자는 모습은 처음이라 더욱 신비로웠다. 다가가 살포시 미소 곁에 눕고 싶었다.

'내가 지금 무슨 생각을 하는 거야?'

정혁은 고개를 가로저으며 스스로 머리를 몇 대 쥐어박고는 서둘러 누나를 깨웠다.

"누나, 일어나 봐! 혹시 리철 형 배낭 못 봤어? 도둑맞은 것 같아."

정혁의 말에 수진이 벌떡 일어났다. 부스스한 머리를 매만지며 잠꼬대하듯 물었다.

"도둑? 무슨 말이야?"

"도둑이라고?"

곧이어 향기도 일어나 큰 소리로 외쳤다. 그런 와중에도 쿨쿨 자느라 아랑곳없는 미소는 역시나 미소다웠다.

"어젯밤 피곤해서 이 방으로 배낭 가져온 게 아닌가 싶어서. 불 좀 켜 봐. 여기에도 없으면 도둑맞은 게 맞아!"

정혁의 말에 누나가 불을 켰다. 좁은 방이라 한눈에 모든 게 보였다. 붉은 배낭이라곤 눈을 씻고 봐도 없었다.

북새통에 미소도 눈을 떴다. 태평하게 기지개를 켜며 새벽부터 무슨 일이냐고 짜증을 내더니, 배낭이 사라졌다는 이야기를 듣고는 두려움에 떨었다.

"헉! 소매치기 당한 거야? 소매치기 조심하라는 말은 엄마랑 해외여행 갈 때마다 귀가 따갑도록 듣는데, 여기 무산에서 당할 줄이야. 심하다!"

미소의 호들갑에 정혁은 더욱 심란해졌다.

"소매치기라는 말조차 처음 들어, 난. 서울에서도 여행이라곤 다녀 본 적이 없으니까."

향기가 대답하는 사이에 리철이 방으로 들어섰다. 세상 걱정 근심 모두 짊어진 얼굴이었다. 밤새 십 년은 더 늙어 보였다.

"갈 길이 먼데 어떡하지. 어제 식당에서 누나가 나한테 달러 주는 걸 도둑이 본 것 같아. 그래서 우리를 미행하다 밤에 몰래 숙소로 들어온 것 같은데."

리철이 형사처럼 제법 심각하게 말했다. 그 말을 듣고 곰곰 생각하다가 정혁도 입을 열었다.

"여긴 대문이 잠기지 않았어? 내가 생각할 땐, 민박에 든 손님 중에 누군가 우릴 엿보다 손을 탄 것 같은데. 아, 혹시 혼자 앉아 국밥 먹던 남자 아닐까? 왠지 눈빛이 예사롭지 않았어."

정혁의 말에 모두 난감한 표정을 지으며 어쩔 줄 몰랐다.

"아무래도 주인 할아버지한테 얘기하는 게 낫겠다."

수진의 말에 모두 고개를 끄덕였다. 손톱만큼의 희망이라도 낚을 수 있기를 바라며, 방에서 나와 프론트 근처를 기웃거렸다.

"할아버지가 머무는 방이 어딜까?"

수진이 고개를 쭉 빼고 여기저기 살피며 말했다.

"그러게. 아무 방이나 열 수는 없고."

그렇다고 가만히 앉아서 날이 밝기를 기다릴 수도 없었다. 모두 짐 정리를 한 뒤 마당에 나와 댓돌을 살폈다.

"주인 할아버지 신발이 어느 걸까?"

댓돌 위의 신발을 일일이 살폈지만 알 수 없었다. 할 수 없이 주인 할아버지가 나오길 기다릴 수밖에.

모두 머리를 맞대고 나란히 앉아 대책 아닌 대책을 세워 봤다.

"나도 아빠한테 학교 과제 여행이라고 어렵게 말해서 마련해 주신 돈인데, 그걸 몽땅 잃어버렸으니 어쩌면 좋아. 괜히 내가 돈까지 맡는다고 해서 이런 변수가 생긴 거네. 수진 누나에게 맡겨야 하는 건데."

리철이 땅이 꺼지라고 한숨을 쉬었다. 고개를 푹 숙이고 땅바닥만 바라보다가 불현듯 자기 가슴을 주먹으로 치기도 했다.

"자책하지 마. 네 잘못이 아니잖아. 운이 나쁜 거지."

수진의 말에 향기가 손톱을 물어뜯었다. 몹시 초조하면서도 지친 얼굴이었다.

"엄마에게 부탁할까? 아냐, 싫어. 엄마한테 손 내밀기 싫어. 서울서 가져온 돈 몽땅 쓸어 온 건데. 이제 정말 꼼짝 못 하게 생겼네."

향기마저 절망 끝에 선 사람처럼 말하자, 리철은 땅속으로 들어가고 싶은 심정이었다.

"어쩌지? 엄마한테 연락이라도 되면 좋겠어. 엄마는 분명 내 편이 되어 주실 텐데. 서울에서 돈 보내 주는 방법은 없을까?"

미소가 발을 구르며 안타까워하는 것을 보던 정혁은 아무 말도 못했다. 그러잖아도 미소에게 큰 빚을 진 상태인데, 도둑까지 맞다니.

"아니, 왜 새벽부터 마당에 나와 떠들고 있어? 벌써 차 시간이 된 거야?"

어느새 깔끔하게 머리 손질까지 마친 주인 할아버지가 나오며 물었다. 일행은 약속이나 한 듯 자리에서 일어나, 할아버지에게 허리 굽혀 인사했다.

"누가 저희 방에 들어왔었나 봐요. 제 배낭이 없어졌어요."

리철이 절절한 목소리로 고했다.

"허, 그 무슨 소리를! 배낭에 돈이 들었나?"

"네, 저희가 백두산까지 다녀올 여비를 몽땅 털렸습니다. 제가 관리하기로 했거든요. 달러만 따로 넣은 지갑도 있고, 인민폐도 있었고요."

리철의 말에 할아버지는 난감하다는 듯, 말없이 하늘을 올려다보았다.

"할아버지, 어떡해요. 전 서울에서 남자 친구 따라왔는데요, 폭우에 철도가 망가져서 집으로 돌아갈 수도 없어요. 다행히 리철 오빠 만나서 백두산 구경하러 나섰는데…… 어쩌죠. 여기서 꼼짝할 수 없으니."

미소가 거의 죽어 갈 듯 가녀린 목소리로 말했다.

"허허, 무산을 거쳐 백두산 가는 손님이 늘더니 원. 중국이나 동남아에서 오는 사람도 많아지면서 소매치기가 극성이라는 말은 들었지만 우리 집에서 이런 불상사가 생기다니. 처음이라 당황스럽군."

주인 할아버지도 당황한 모습이 역력했다.

"일단 내 방으로 들어가서 이야기 나눕시다."

주인 할아버지는 한 마디 툭 던지고는 앞장서서 2층으로 올라갔다. 곁에서 보기에는 단층 같았지만 알고 보니 복층 집이었다. 할아버지의 방은 단출하면서도 독특한 분위기였다. 벽면 전체가 화보 같은 사진첩으로 장식되어 있었고, 오래되어 보이는 고서들도 많았다. 대부분 한문으로 되어 있어 제목도 읽기 힘들었다.

"사서삼경 원본이네요. 할아버지."

수진은 역시 한눈에 책을 알아보았다.

"내용이 깊어서 곱씹으며 읽는 책이라오."

할아버지는 주방에 들어가 달그락거리더니 큰 쟁반에 작은 잔 몇 개를 내왔다.

"새벽이라 속이 편치 않을 텐데 한 잔씩 들게나! 이건 마테 차라고 하는데 유목민들이 많이 마시는 우유 같은 차라오. 난 시베리아 벌목공으로 일할 때부터 늘 이 차를 마시곤 했지."

할아버지는 한 사람씩 눈 맞춤을 하며 일행에게 마테 차를 건넸다.

"북한에도 마테 차가 있는 모양이구나."

미소가 신기한 듯 홀짝거렸다.

"와, 맛이 진짜 독특하네요. 우유 맛도 나고. 치즈 맛 같기도 하고. 약간 알코올 기운도 느껴지고요."

수진이 가장 먼저 차를 들이켠 뒤 차분히 소감을 말했다.

"입맛이 정확하군! 유목민들이 주식처럼 먹는 차라 속이 든든하지."

할아버지는 차분하게 차 이야기에 몰두했다. 상황이 상황인지라 리철은 입술이 바삭바삭 타들어 갔다. 뭔가 할아버지로부터 대안이 나오리라 기대했는데 고작 차 이야기라니.

"소매치기라면 터미널에서 새벽 손님 지갑을 노리지 않을까요? 지금이라도 나가 봐야 할 것 같아요, 할아버지."

리철이 참다못해 속내를 보이고 말았다.

"이보게, 젊은이. 그런다고 잃어버린 돈이 되돌아오지 않네!"

희끗거리는 머리를 매만지며, 할아버지가 느긋하게 말했다.

일행은 서로의 얼굴을 마주 보며 어깨를 살짝 들썩였다. 뭔가 깊은 미로 속으로 빨려 들어가는 기분이었다. 일행이 침묵 속에 빠져 있는 사이, 할아버지는 주방에서 뭔가를 또 들고 나왔다.

"서울에서 온 손님도 있다 했지. 이게 꼬장떡이라는 건데, 맛 좀 보시오! 여기 주식이 옥수수인 줄은 알고 있지? 꼬장떡은 옥수수가루 반죽을 밥솥 가장자리에 붙여 구워 먹는 떡이지. 청진이 고향이라고 했으니 먹어 본 적 있겠구먼."

대나무로 만든 소쿠리에 담긴 떡을 보자, 누가 먼저랄 것 없이 손이 갔다.

"어머. 담백하고 맛있어요. 옥수수 향도 진하고요. 정혁아, 꼬장떡 먹어 봤어?"

미소가 가라앉은 분위기를 띄우려는 듯 명랑하게 말했다.

"응, 최고의 간식이었어. 엄마가 종종 해 줬거든. 어릴 때 꼬장떡 하나라도 더 먹으려고 누나랑 많이 싸웠어. 서울에서 먹는 떡이나 빵은 너무 달달해서 꼬장떡 생각을 많이 했지. 할아버지, 잘 먹겠습니다."

정혁의 말에 향기가 맞장구를 쳤다.

"꼬장떡처럼 담백하면서도 맛있는 빵이 서울서 팔리면 대박일 텐데."

할아버지가 그 모습을 보며 흐뭇하게 웃었다.

"여기서도 살아 보고, 남조선 맛도 본 터라 다양한 말을 듣네. 신선해. 나도 젊을 때 러시아로 파견 근무 갔을 때 참 많이 놀랐지. 살아온 과정이 다른 사람들 속에서 어울려 사느라 색다른 경험도 많이 했고. 서울에서의 삶은 더욱 그럴 것 같고. 꼬장떡 하나만 갖고도 이렇게 할 이야기가 많으니."

할아버지가 옛 생각이 나는 듯 촉촉하게 젖어든 목소리로 말했다.

마파람에 게 눈 감추듯, 순식간에 소쿠리가 동이 났다.

"왕성하게 먹는 모습을 보니 좋네!"

할아버지는 소쿠리를 옆으로 밀치며, 헛기침한 뒤 말문을 열었다.

"어찌 됐든, 우리 집에서 머문 손님이 당한 불미스러운 일이니 어찌하면 좋을까. 더군다나 백두산 갈 여비를 다 털렸다니 나도 마음이 편치는 않은데, 흐음……."

할아버지는 차를 음미하며 골똘히 생각했다.

"일단 오늘은 여기 머물면서 생각 좀 해 보도록 하시오. 나도 고민해 볼 터이니."

할아버지의 담담한 제의에 모두 어리둥절한 표정이었다.

"난 내려가서 손님이 나간 방을 청소해야겠소. 여기에서들 쉬고 있게나."

"할아버지, 그럼 제가 청소를 돕겠습니다. 무엇이든 시켜만 주세요."

리철이 할아버지 곁에 바싹 따라붙으며 말했다. 정혁도 리철을 따라 아래로 내려갔다.

리철은 할아버지가 시키지 않았는데도 발 벗고 나서서 공용 화장실 청소를 했다. 정혁은 마당에 물을 뿌려가며 청소했다.

"할아버지, 우리가 빈방 청소도 할게요. 올라가서 쉬세요."

정혁도 리철 못지않게 씩씩한 목소리로 말했다.

2층에서도 모두 분주하게 움직였다. 수진은 먹은 그릇을 씻는 김에 주방 정리까지 했다.

"향기하고 미소는 거실 청소 좀 하자, 걸레질까지 깨끗이. 지금 우리에게 희망은 할아버지뿐이야."

수진의 말에 미소가 불쑥 제안을 내놓았다.

"언니, 할아버지께 돈을 좀 꿔 달라고 하면 안 될까? 갚을 수 있는 길을 찾아보면 되잖아."

"그러게. 그럴 수만 있다면 좋겠다."

할아버지의 집은 순식간에 반질반질 윤이 났다.

정오가 되자, 손님들이 하나둘 빠져나가고 집 안이 텅 비었다. 할아버지는 잠깐 어디 좀 다녀온다고 나간 뒤로 감감무소식이었다.

"할아버지는 도대체 어딜 가신 거야? 우리를 볼모로 잡아 놓고 마실이라도 가셨나? 답답해서 미치겠네. 이제 어떻게 해야 하냐고. 가는 곳마다 큰일들이 펑펑 터지고. 이러다 진짜 집에도 못 가고 북한 땅에 갇히면 어떡해……."

미소가 거의 울상이 되어 투덜거렸다. 리철은 쥐구멍이라도 찾고 싶은 심정이었다. 정혁은 중간 입장이라 누구 편을 들 수도 없고 애매했다. 그저 어쩔 줄 몰라 발을 동동 구를 뿐이었다.

"할아버지 오시면 내가 잘 말씀드려 볼게. 너무 상심하지 마."

수진의 말이 끝나기 무섭게 할아버지가 검은 가방을 가슴에 안고 들어왔다.

"대청소를 했나 보군! 집 안이 반짝반짝하네! 역시 젊은이들이라 손이 빠르구먼. 늙은이가 하면 종일 꼼지락거려야 하는데……. 자, 모두 2층으로 올라오게나."

할아버지는 마치 손주를 대하듯 인자한 목소리로 말했다. 모두 선처를 기다리는 죄수처럼 할아버지 앞에 앉았다. 리철은 너무 긴장한 탓에 딸꾹질까지 했다.

"젊은이들 여비할 돈 찾느라 저 윗동네까지 다녀오느라 늦었소. 여긴 아직 은행이 활성화되질 못했어. 대신 마을 공동체 금고에 돈이 생길 때마다 맡기곤 하지. 자, 충분하지는 않지만 백두산 다녀올 여비는 될 걸세. 얼른 막차 떠나기 전에 가서 표 끊고 떠나도록!"

할아버지가 리철에게 검은 봉지를 건네며 말했다. 모두 의아한 얼굴로 서로를 바라보았다. 기적의 순간을 함께 맛본 동지들만이 누릴 수 있는 표정이었다. 누가 먼저랄 것 없이 두 손을 모아 감사 표시를 했다.

"고맙습니다. 이 은혜를 어찌 갚아야 할지 모르겠습니다."

향기가 고개를 숙여 인사했다.

"할아버지, 서울 가면 어떤 식으로든 빚 갚는 방법 찾아볼게요. 주소하고 전화번호 가르쳐 주세요. 그런데요, 할아버지. 왜 아무 조건 없이 저희를 도와주시는 거예요? 믿어지지 않아요. 꿈꾸는 것 같아요."

미소가 벅찬 목소리로 말했다. 두서없는 말이지만 진심이 느껴졌다. 할아버지도 미소의 말에 마음의 문이 활짝 열린 것 같았다. 쓰리고 아픈 상처를 고스란히 드러내 보일 정도로.

"오래전 아내와 딸이 두만강을 건너다 실족됐다오. 장마철이라 거센 물살에 휩쓸려 내려간 거지. 아내를 구하려는 순간, 딸의 살려 달라는 소리가 들려오는 거야. 난 갈팡질팡하다 둘 다 잃고 말았다오. 고난의 행군 시절, 남조선에 가면 먹고사는 건 해결된다 해서 나선 길인데 그만…… 나만 살아남았지. 한동안 자책감에 폐인처럼 무위도식하다가 여기 정착해서 민박집을 하고 있다오."

모두 너무 놀라 입을 다물지 못했다. 무슨 말을 할 수조차 없었다.

"할아버지, 많이 힘드셨겠어요."

향기가 눈가에 그렁그렁 맺힌 눈물을 닦았다. 할아버지는 일행 모두가 숨소리조차 죽이며 경청하는 모습에 감동하여, 다시 이야기를 이어 갔다.

"아내와 딸에게 작은 것이나마 빚 갚는 마음으로 시작한 게 있어. 브로커들과 탈북하려는 사람들의 비밀 접선 지점으로 우리 민박을 내준 거지. 여기서 만나 탈북 루트를 짜기도 하고, 전체적인 그림을 그린 다음 떠난 사람들이 수없이 많아. 젊은이들이 서울에 가 살다 고향을 찾아왔다는 말에 만감이 교차하더군. 내 딸도 그때 사고를 당하지 않았으면, 남조선에서 공부도 하고 자네들처럼 통일이 되어 고향에도 찾아왔을 텐데……. 딸 생각해서 이렇게 여비라도 보태는 거라오."

일행은 말을 잃은 채, 할아버지에게 정중히 엎드려 절했다.

146

활화산처럼 뜨겁게!

"어서들 가! 고속도로는 비용이 많이 드니까 일반 버스로 대홍단까지 가면 삼지연 가는 교통은 많을 거요. 국도라 거칠어도 여행하는 기분 들 테니 염려 말고."

할아버지는 등 떠밀 듯 아이들이 떠나길 재촉하면서도 정혁의 손을 놓지 못했다.

"할아버지 고맙습니다. 언젠가 할아버지를 서울로 꼭 모실게요."

정혁이 고맙다는 말을 열 번도 더 했다. 다른 일행도 정혁 곁에서 고개 숙인 채 연신 감사 인사를 드렸다.

"어서들 가! 내 생전 서울에 가 볼 날 있을까나!"

일행은 낡은 버스에 올라서도 할아버지의 뒷모습이 보이지 않을 때까지 손을 흔들었다.

"할아버지 딸 이야기 듣는 순간, 살아서 서울까지 간 게 새삼 기적이란 생각이 들더라. 더군다나 우린 통일 열차도 탔잖아."

향기가 옆자리에 앉은 정혁에게 속삭이듯 말했다.

"난 속으로 엄청 찔렸어. 서울에 살면서도 특별히 고맙다는 생각 별로 못 했거든. 누나처럼 공부를 열심히 할 생각도 없고, 대학에 별 관심도 없었어. 누나가 간호 대학 가야 한다니까 억지로 진로를 바꾸 긴 했지만, 내가 특혜를 받는다는 생각은 못 했어. 그런데 할아버지 사정 이야기 듣고 보니 정신이 번쩍 들더라고. 누군가는 그토록 가고 싶던 서울이었는데. 난 그걸 대수롭지 않게 여기고 불평만 했던 것 같아."

정혁이 며칠 사이에 어른이 된 듯한 눈빛으로 말했다.

뒷자리에 리철과 나란히 앉은 미소가 그 말을 듣고 농담조로 말했다.

"와! 우리 정혁이가 철들었네. 점점 더 멋져져서 어쩌지, 힛."

"원래 정혁이는 말없고 듬직했는데 무슨 소리야. 미소가 정혁이를 너무 아이 취급하는 것 아냐?"

향기가 미소의 말에 직격탄을 날렸다. 미소는 웃자고 한 소리에 격 하게 반응하는 향기가 의아했다. 정혁은 또 향기와 미소가 신경전을 벌일까 두려워 작전을 썼다.

"버스에서 시끄러우면 쫓겨나! 조용히 가자."

"인기 좋은 정혁이의 명령에 따르라! 동무들!"

할아버지 덕분에 여유로워진 리철의 말에 모두 킥킥대며 창밖을 내 다보았다. 수진은 버스에 오르자마자 긴장이 풀렸는지 고개를 꾸벅이며 잠이 들었다.

"여기도 비가 많이 왔나 봐. 밭고랑이 죄다 잡초인 걸 보면······. 농부들이 밀짚모자 쓰고 잡풀 뽑고 고랑 세우는 작업 모습도 여전하고. 어쩌면 이리도 변한 게 없는지 신기해. 남조선은 눈 뜨면 간판도 바뀌고 새 건물이 쑥쑥 올라가잖아. 사람들 옷차림도 휘황찬란한데 북녘 땅은 언제 변하려나."

향기가 창밖을 내다보며 혼잣말을 했다.

"그러게. 고향의 겉모습은 그대로인데 그토록 그리운 아빠만 그 자리에 없어. 백두산 여행도 좋지만 아빠를 좀 더 찾았어야 하는 거 아닌가, 하고 자꾸만 마음에 걸려."

정혁의 말에 향기는 공감하면서도 위로의 말을 전했다.

"내가 엄마에게 간곡히 말씀드려 볼게. 엄마가 마음먹으면 실낱같은 정보라도 얻을지 몰라."

"말만 들어도 힘이 난다. 고마워, 향기야!"

"천지에 올라 아빠 소식 닿기를 기원하자. 우리 같이."

향기와 정혁이 다정하게 대화를 나누는 것을 질투라도 하듯 미소는 리철에 더욱 친밀감 넘치는 목소리로 다가갔다.

"리철 오빠는 꿈이 뭐야? 난 엄마가 강요하는 건 싫은데, 실은 여행 작가가 되면 멋질 것 같기도 해. 난 엄마하고 해외여행도 몇 번 가봤고, 국내 여행도 틈틈이 많이 돌아다닌 편이거든. 그래서 선뜻 정혁이를 따라나선 건지도 몰라. 북녘 땅에 대한 궁금증이 작동한 거지. 근데 여긴 우리 농촌하고 비슷하면서도 다른 데가 많아. 일하는 사람들 모습도 매우 정적이면서 일사불란하달까? 모두 똑같은 집, 똑같은 옷, 똑같은 모자 등 참 많이 비슷한 차림들이야. 새로워."

미소의 말에 리철이 웃으며 말했다.

"여행 작가, 정말 너하고 딱 맞는 직업이다. 그래서인지 역시 표현력도 대단하네. 비슷하면서도 다르다는 말. 딱 맞는 표현이거든."

리철의 칭찬에 미소는 절로 어깨가 올라갔다.

"나도 민박집 할아버지처럼 언젠가 서울에 가 보는 게 지금은 가장 큰 꿈이야. 향기나 정혁이처럼 서울에 가서 보고 듣고 느낀 다음에 공부할 기회가 닿으면 좋겠어."

리철의 말에 미소는 깜짝 놀란 표정으로 말했다.

"통일됐으니 남북 학교 전학도 할 수 있게 되겠지. 리철 오빠가 1호 전학생이 될 것 같아! 기대된다, 오빠. 오빠는 무엇이든 마음만 먹으면 해낼 것 같아. 결단력이 있어 보여. 우리를 선뜻 백두산까지 이끄는 것만 봐도."

미소가 흥분한 목소리로 손뼉까지 치며 말했다. 버스에 있던 사람들의 눈길이 미소에게 쏠렸다.

"조용히들 갑시다! 이 버스 전세 냈습니까?"

버스 안내원이 필요 이상으로 강압적으로 말했다. 승객들도 동의한다는 눈빛으로 고개를 주억거렸다.

일행은 민망하기도 하고 불쾌한 마음을 감추려 두 눈을 꼭 감았다.

그러고는 덜컹거리는 버스에 몸을 맡겼다.

"내리세요! 대홍단 종점입니다."

모두 곤히 잠에 빠져든 사이, 버스 안내원의 퉁명한 목소리에 눈을 떴다.

정오의 햇살이 뜨거울 때 무산에서 탄 버스가 땅거미가 지는 시간에 대홍단에 도착했다. 이번에는 간이 화장실에도 들르지 않았는데 시간이 꽤 걸렸다.

"국도로 달리는 버스를 탔으면 풍경을 감상해야 하는데, 잠만 잤네. 아쉽다. 다음에는 절대 버스에서 자지 말아야지."

미소가 정말 아쉽다는 듯 주위를 두리번거렸다.

"자, 대홍단에 왔으면, 감자 노래 한 곡쯤 불러야 하지 않을까?"

수진이 갑작스레 지휘자 자세를 하고는 볼펜을 꺼내 들었다.

"누나는 아직도 대홍단 감자 노래를 기억해요?"

리철이 놀라운 듯 묻자 수진과 정혁과 향기가 일시에 한목소리로 답했다.

"매일 부르던 노래를 어떻게 잊어버리겠니?"

미소만 멍하니 일행의 얼굴을 살피느라 정신없었다. 누가 먼저랄 것도 없이 흥겹게 노래를 부르기 시작했다. 노래라기보다는 꼬마들이 부르는 동요에 가까웠다.

동글동글 왕감자 대홍단 감자

너무 커서 하나를 못다 먹겠죠

아하 감자 감자 왕감자 참말 참말 좋아요. 못다 먹겠죠

호박만 한 왕감자 대홍단 감자

여러분 사랑 속에 풍년 들었죠

야하 감자 감자 왕감자 참말 참말 좋아요. 풍년 들었죠 왕감자

두 번이나 반복해서 장단을 맞추자 듣고 있던 미소가 깔깔 웃으며 손뼉을 쳤다.

"정말 재밌다! 이 노래 부르면서 감자 먹으면 진짜 맛있을 것 같아."

미소의 말에 리철이 나섰다.

"대홍단 하면 감자지. 그래서 저녁은 감자로 만든 요리를 맛보는 걸로! 실은 감자 요리가 가장 싸거든. 우린 절대적으로 여비를 아껴야 한다는 점, 명심해. 배낭을 잃어버린 장본인이라 면목 없지만."

리철은 버스 터미널 앞 건널목을 건너 성큼성큼 앞장섰다.

"대홍단은 무산보다는 시골인가 봐. 건물도 그렇고 사람도 더 없는 것 같고. 서울과 많이 비교되는 게 건물과 사람들이 적다는 거야. 어딜 봐도 마찬가지야."

미소가 비교 분석하듯 말하자 이번엔 수진이 말을 보탰다.

"미소야, 서울하고 비교하면 안 되지. 대홍단은 예전부터 감자가 유명했어. 서울 사람들도 대홍단 감자 노래는 많이 알던데. 미소는 몰랐구나. 유튜브에서 이 노래 부르는 꼬마 엄청 인기야. 나중에 한번 찾아봐. 아무튼 이 일대는 감자밭 천지야."

"맞아, 언니. 하얀 감자꽃도 예쁘지만, 보라색 감자꽃은 더 환상적이지. 꽃이 예쁘니까 보라색 감자는 맛도 더 좋아. 엄마가 해 준 붉은 감자에 넝쿨 강낭콩 넣은 감자 범벅 진짜 맛있었는데……. 엄마는 지금 완전히 변했어."

향기가 추억에 젖어 말하자 정혁이 맞장구를 쳤다. 둘을 바라보며 리철이 입을 열었다.

"통일되고 나서 뉴스에 나왔어. 대홍단 감자꽃을 제주도의 유채꽃처럼 관광화시킬 거라고. 제주도 유채꽃은 나도 텔레비전에서 봤는데 정말 멋지던걸. 하지만 대홍단 감자꽃밭도 굉장해."

꿈에 젖은 듯 포근한 목소리로 리철이 말하고 나니 모두 손뼉을 쳤다. 어깨를 한 번 으쓱한 뒤 리철이 이어서 말했다.

"〈대홍단 감자꽃밭! 구경꾼들이 몰려들다〉 이런 다큐멘터리 방송 곧 보게 될 날이 올 것 같다! 그나저나 얼른 감자 요리하는 집을 찾아야겠지?"

리철이 간판이 보이지 않을 정도로 허름한 음식점으로 후다닥 들어갔다.

소박한 차림의 아주머니 혼자 하는 식당이었다. 담벼락의 메뉴판도 삐뚤삐뚤 쓴 손글씨였다. 저녁 시간인데도 손님은 별로 없었다.

"일단 메뉴판 보고 적당히 시키자. 살까기 하는 셈 치고 조촐하게 먹자고."

리철의 말에 모두 담벼락에 붙은 메뉴를 살피고 뭘 먹을지 정했다.

"감자 오그랑죽이랑 감자 뜨더국, 감자 지짐, 감자 맛갈이 만두 주세요!"

주문을 마친 리철이 왠지 초조한 낯빛이었다. 다섯이 들어와 4인분만 시켰다고 싫은 소리를 들을까 걱정하는 듯했다. 그런 리철의 마음을 읽기라도 한 것처럼 주인아주머니는 싫은 내색은커녕 인자한 미소까지 지었다. 음식은 즉석식품처럼 금방 나왔다. 푸짐했다.

리철은 기분이 좋아 감자 오그랑죽의 국물을 후루룩 마셨다.

"모두 감자로 만든 음식인 것 같은데…… 오그랑죽, 뜨더국, 지짐, 맛갈이 만두는 뭐야?"

미소는 앞에 놓인 음식들이 잘 구분되지 않아 어리둥절했다.

"오그랑죽은 '옹심이'고, '뜨더국'은 '수제비'를 말해. 감자 피를 이용해서 만든 걸 '맛갈이 만두'라 하고……. 지짐은 남조선에도 '부침개'를 '지짐'이라고 하는 사람들 있잖아. 일단 먹으면서 이야기하자."

수진의 설명에 미소는 활짝 웃으며 이것저것 맛을 보았다.

"옹심이, 뜨더국, 맛갈이 만두……. 이름이 모두 예쁘고 순수한 우리말이네. 맛도 쫄깃하면서도 식감이 참 좋아. 가격도 착하고!"

"난 양념이 세지 않아서 좋아. 이게 바로 고향 맛이라고! 미소야, 어쩜 네 입맛에는 싱거워서 별로일 것 같은데 잘 먹네."

정혁이 감자 오그랑죽을 한 술 떠 넣으며 미소를 흐뭇하게 바라보았다. 다들 허기를 채우느라 수저를 바삐 움직였다.

"학생들 같은데 너무 맛있게 먹어서 고맙네. 이거 지금 바로 찐 감자인데 맛 좀 봐."

주인아주머니가 인심 좋게 찐 감자를 나눠 주었다. 파삭파삭, 보송보송. 어디에서도 먹어 보지 못한 맛이었다.

"감자 음식 다 맛있었어요. 찐 감자도요. 감사합니다, 아주머니."

미소의 상냥한 목소리에 아주머니가 수국처럼 환하게 웃었다.

"맛있게 먹었으니 이제 숙소를 알아보러 가자. 터미널에서 가장 가까운 곳이 좋겠지? 방은 하나만 구할게. 모두 한 방에서 지내자. 경비도 줄이고 서로가 도둑 감시도 하고. 모두 괜찮지?"

리철의 말에 각기 속으로는 불만이 있어도 짐짓 아무렇지 않은 척했다.

"이 찜통더위에 다섯 명이 한 방에서! 난 죽었다. 방 하나 더 얻는데 드는 돈이 억만금도 아닐 텐데, 너무한다."

미소가 혼자 종알종알 불평을 털어놓았다. 모두 속으로는 공감하면서도 아무 말도 못 했다.

길 위에서 만난 보헤미안

이튿날 새벽에 일행은 길을 나섰다. 버스 터미널은 신선한 새벽 공기로 가득했다. 리철이 첫차 티켓을 끊고 얼마 지나지 않아 버스가 도착했다. 삼지연 가는 버스는 대홍단 시내를 벗어나 외곽으로 빠졌다.

들녘에는 아직도 감자꽃이 그림처럼 피어 있었다. 북쪽은 남한보다 온도가 낮아서인지 하지가 훨씬 지났는데 여전히 감자꽃 천지였다. 하얀 감자꽃은 수국처럼 수수하면서도 우아했다. 자주색 감자꽃은 매혹적일 만큼 현란했다. 자주색 꽃에서 어떻게 붉은 감자가 나오는지 신기할 뿐이었다. 꽃잎이 진 자리에 꽈리가 생긴 것도 보였다. 일행 모두 넋을 놓고 감자꽃을 보았다.

"감자꽃이 이토록 예쁜 걸 처음 알았어. 버스에서 내려 사진 한 방 찍고 갔으면 좋겠다. 참, 휴대폰이 먹통이지! 이럴 줄 알았으면 무거위도 카메라 들고 올걸. 혼자 보기 정말 아깝다. 제주 유채꽃 못지않은데."

버스 안이라는 것도 잊은 채 미소가 창밖을 바라보며 감탄사를 연발했다.

찰칵! 찰칵찰칵! 미소 앞에 앉은 여자가 카메라 셔터를 연신 눌러 댔다. 군청색 배낭을 메고 같은 메이커의 운동복과 모자를 쓴 모습을 보니 뭐랄까, 포스가 예사롭지 않았다. 카메라 렌즈를 들여다보는 눈가의 주름이 연륜을 말해 주는 듯했다.

미소는 부러운 눈으로 여자를 힐긋거렸다. '혼자 여행하면서 많은 걸 보고 듣고 느끼며 사진 찍는 여자. 멋지다.' 생각하면서.

"나의 롤 모델이 나타났어. 사진기가 굉장히 고급스럽다."

미소가 유심히 여자를 관찰하며 정혁에게 귓속말을 했다.

"사진은 빛과의 전쟁이야. 얼마만큼 빛을 걸러 내고 조성하느냐에 따라 완전히 다른 사진이 나오지. 저분이 들고 있는 걸 보니, 휴대폰 사진과는 비교가 안 될 만큼 빛 조절을 잘할 수 있는 카메라야."

"와! 미소가 사진에 조예가 깊네. 나도 사진 멋있게 찍는 사람 보면 진짜 부럽던데. 이번 여행에 사진을 남길 수 없다니. 아쉽다."

"백두산 가까이에 가면, 무슨 방법을 찾아봐야겠어. 휴대폰을 고치든, 카메라를 빌리든. 그리고 엄마에게 전화 거는 방법도 알아봐야겠어."

미소는 굳게 다짐한 듯 입을 앙다물었다.

감자꽃밭의 행렬은 지평선 너머까지 이어졌다. 사방이 보랏빛 혹은 흰색 물결로 출렁거렸다. 대홍단 감자의 위력을 여실히 보여 주는 풍경이었다. 북한 지도자가 대홍단을 감자 특성화 지역으로 명령할 만했다.

명품 모자를 쓴 여자는 연신 셔터를 눌렀다. 차창 밖으로 보이는 풍경을 하나라도 놓치지 않으려는 것 같았다. 밭고랑에 앉아 일하는 농부, 마을버스 정거장에 앉아 있는 어르신들, 동네 어귀 나무 밑 정자에 앉아 있는 노인들, 하염없이 꼬리를 흔드는 풍산개와 강아지 등.

"나도 저런 모습 사진기에 담고 싶다."

미소가 탄식처럼 하는 소리를 여자가 들은 모양이었다. 셔터를 누르다 말고 고개를 돌려 미소를 바라보며 씩 웃었다. 여자의 미소가 보랏빛 감자꽃을 닮아 더욱 매혹적이었다.

"사진 찍는 거 좋아하나 봐요, 학생?"

사진작가가 미소 곁으로 다가와 말을 걸었다.

"네. 미처 카메라를 챙겨 오지 못했어요. 휴대폰도 먹통이고."

여자는 배낭과 카메라를 들고 미소와 정혁의 옆자리로 왔다.

"일행이 많은 것 같은데, 어딜 가는 거예요?"

"백두산 갑니다. 천지를 보며 통일 기운을 느껴 보려고요."

씩씩하게 말하는 정혁을 보며 사진작가가 웃었다. 하얀 감자꽃처럼 수수해 보여 미소는 더욱 매력적이라고 생각됐다.

"멤버 구성이 독특한 것 같네. 참, 내 이름은 김보영. 글도 쓰고 사진도 찍어요. 프리랜서로 일하고 있어요."

사진작가는 말을 낮췄다가 다시 높이는 등 어색하면서도 친근하게 다가왔다.

"와! 멋져요. 보헤미안 기질이 팍팍 느껴져요! 제 꿈도 여행 작가예요."

대화를 듣고 있던 리철도 자연스레 이야기에 동참했다. 리철은 멤버 소개와 함께 계획하고 있는 코스에 대해 말했다.

"저는 작년에 학교에서 단체로 장군봉까지 갔습니다. 가다 보면 밀영도 나와요. 옛날에 김일성 주석이 항일 빨치산 운동을 하던 장소고 김정일 위원장의 생가라서 의무적으로 다녀가던 코스인데, 이번에도 그쪽 코스로 천지를 가 볼까 합니다. 자연 풍광이 굉장하거든요."

"어머, 나도 백두산 가는 중인데 잘됐네. 동파 코스로 올라가는 길은 처음이라 기대 중이에요. 꿈에 그리던 코스죠. 중국 연길을 통해서 가는 북파 코스와 남파 코스는 다녀왔고요. 통일되자마자 동파 코스 완주하고 싶어서 이렇게 길을 나선 거고. 그나저나 학생들이 정말 기특하네! 어떻게 영산인 백두산을 오를 생각을 했을까? 어른들도 백두산보다는 해외여행을 더 선호하는 세상인데."

사진작가는 길 위에서 뜻깊은 동행자를 만났다며 기뻐했다.

"북파 코스하고 남파 코스도 괜찮다던데요. 전 장군봉까지는 갔지만 날씨 때문에 천지를 못 보았습니다. 이번에는 꼭 봤으면 좋겠어요. 북파 코스나 남파 코스도 가 보고 싶고요. 그래야 완벽하게 백두산 구경을 했다고 볼 수 있지 않을까요?"

리철의 말을 듣고 보니 미소는 절로 고개를 끄덕이게 됐다. 북한에 사는 사람들이 중국을 통해 천지 구경을 가려면 돈과 시간이 드는 일이라 쉽지 않을 듯싶었다.

"어허, 무슨 말들이 그리 많아요. 삼지연 다 오도록 한 번도 안 쉬고 조잘조잘! 입심이 대단해요! 하긴 나도 백두산 이야기 재밌어서 다 듣긴 했어요. 부럽소, 나같이 매일 털털거리는 버스에 매여 있는 사람은 꿈같은 얘기인데. 이제 곧 삼지연 다가옵니다."

버스 안내원 아저씨 말대로 쉬지 않고 떠들다 보니, 종점에 다다랐다. 대홍단에서 삼지연은 도로가 잘 닦인 데다 거리도 가까워 금방 온 셈이었다.

버스에서 내리는 일행에게 일일이 자신을 소개하는 사진작가의 친화력 있는 행동을 보면서 미소는 신선한 충격을 받았다. 제법 나이는 들어 보이는데 에너지 자체가 무척 젊게 느껴졌다. 미소가 속으로 사진작가를 관찰하는 사이, 인사를 받은 향기도 놀라기는 마찬가지인 듯싶었다.

"근데 비행기로도 삼지연까지 갈 수 있잖아요. 왜 털털거리는 버스를 타셨어요?"

향기의 말에 정혁도 공감한다는 듯 궁금한 마음을 숨기지 못하고 귀를 쫑긋 세웠다.

"하하! 아마 여러분처럼 모험심이 강한 길동무를 만나려 그랬나 봐요. 비행기보다 버스를 타야 눈에 들어오는 풍경이 많잖아요. 일부러 털털거리는 버스 타고, 백두산 가는 길을 택했어요. 동파 코스도 케이블카 타면 천지에 갈 수 있다더군요. 난 걸어 올라가려고요."

오래 알고 지낸 사람처럼 친근하게 다가오는 사진작가 덕분에 여독이 풀리는 기분이었다.

"힘이 솟습니다. 실은 어깨가 무거워요. 작가님, 아니 선생님."

리철이 얼마나 책임감을 느꼈는지 알 수 있는 발언이었다.

"그냥 마음 내키는 대로 불러도 좋아요. 김보영 씨라고 불러도 되고요. 여기서 백두산 입구까지 가는 전용 버스가 다닌다고 들었어요. 같이 가 봅시다!"

마치 가이드를 만난 듯, 일행은 든든한 마음으로 사진작가가 이끄는 대로 길을 따랐다.

백두산이 코앞에!

녹색등이 반짝이는 플랫폼에는 사람들로 가득했다. 무산이나 대홍단에서는 볼 수 없던 사람들이 여기에 다 모인 것 같았다. 알록달록 오색찬란한 등산복을 입은 사람들이 삼삼오오 모여 담소를 나눴다. 수학여행 가는 학생들처럼 한껏 들뜬 모습이었다.

간간이 빨갛고 노란 머리를 휘날리며 두리번거리는 외국인의 모습도 보였다. 그들은 커다란 배낭을 메고도 전혀 무겁지 않은 듯 날렵한 몸동작이었다. 여행의 설렘이 주는 힘은 말하지 않아도 서로 통하는 것 같았다.

백두산 입구까지 가는 버스는 자주 있었다. 덕분에 명절 연휴처럼 길게 선 관광객의 줄이 금방 줄어들었다.

"내일 날씨가 맑을까? 백두산 천지는 삼대가 복을 쌓아야 볼 수 있대. 오죽하면 천지를 본 사람도 천지고 못 본 사람도 천지라는 말이 나왔을까. 내가 아는 사람은 일곱 번을 올랐어도 천지를 못 봤다더라고."

리철의 말에 일행은 누가 시키기라도 한 듯 동시에 하늘을 올려다보았다. 하늘의 색이 대홍단과는 사뭇 달랐다. 짜증 난 아이처럼 하늘이 온통 찌뿌둥한 게 금방이라도 울음보를 터트릴 것 같았다.

"천지에 올라가면, 우리 뭔가 이벤트를 해야 하지 않겠어? 우르르 몰려 올랐다 정신없이 내려오는 일은 의미 없잖아."

지금까지 조용히 뒤에서 리철이 하는 대로 따라오기만 한 수진이 나섰다. 모두 의아한 얼굴로 누나를 살폈다.

"무슨 이벤트? 천지 찾은 관광객이 많아 발 디딜 틈이 없을 텐데. 통일 기념으로 백두산 찾은 인파에 파묻혀 이산가족이 되기라도 하면……."

정혁이 살짝 귀찮다는 듯 에둘러 말했지만 수진은 아랑곳하지 않았다.

"저, 김보영 사진작가님. 다른 코스로 천지에 가 보셨다고 했지요? 제 생각에는 우리가 각기 작은 나무라도 가져가서 심는 이벤트를 했으면 해요. '통일 나무 심기'라고나 할까요?"

수진의 느닷없는 질문에 김 작가는 한참 생각에 잠겨 있다가 이윽고 시원스럽게 답했다.

"좋아! 생각이 있는 곳에 길이 있는 법. 일단 나무를 준비해서 천지에 가 보자. 백두산은 추우니까 침엽수를 준비해야 할 거야. 지금은 잇갈나무가 가장 많다던데. 백두산 매표소까지 가서 나무를 구할 수 있는지 살펴보는 게 좋을 듯싶네."

역시 자유인다운 발언이었다. 미소는 양어깨를 으쓱하며 당당하게 말하는 사진작가의 모습이 멋져 보였다.

"맞아! 일단은 매표소까지 가서 나무를 구하든, 다른 이벤트거리를 마련하든 해야겠다. 역시 여행을 많이 다니신 분이라 다르다. 우린 참 복도 많아. 요소마다 도와주는 분들이 나타나니 말이야."

향기도 신난 듯 살랑살랑 어깨춤을 추었다.

백두산으로 가는 버스 안에서 본 바깥 풍경은 매우 이국적이었다. 가로수로 심어 놓은 잇갈나무와 자작나무가 기개를 자랑하고 드넓은 논밭은 푸른 바다처럼 광활했다. 산속으로 들어갈수록 비포장도로라 뿌연 먼지가 쉴 없이 일렁였다. 길가에는 별장 같은 집도 있고, 똑같은 모양의 양옥들이 한가롭게 서 있었다. 간간이 집 안에서 일을 보는 주민도 보이지만, 대부분 빈집 같은 황량한 분위기였다.

한참을 달린 전용 버스가 백두산 입구에 많은 관광객을 토해 놓고는 유유히 사라졌다. 매표소라는 팻말을 보며 하늘을 올려다보던 리철이 소리쳤다.

"일단 어디 좀 들어가야겠네. 비 쏟아지겠어."

리철의 말이 주문이라도 되듯 신기하게도 소낙비가 우렁차게 쏟아졌다. 청진에서 당한 일들이 생각나 일행은 오돌오돌 떨기 시작했다. 사진작가도 낭패한 얼굴로 우비를 꺼냈다.

"오, 마이 갓! 또 폭우 속에 갇히는 거야?"

엄청난 속도로 비가 쏟아졌다. 매표소 근처는 그야말로 아수라장이었다. 가게 주인들은 이때를 기다렸다는 듯 우왕좌왕하는 사람들을 잡고 우산을 파느라 정신없었다.

"소나기니까 금방 멈출 거야! 일단 휴게실에 들어가자!"

미처 우비를 챙기지 못한 것이 자기 책임인 양 리철이 미안하다며 머리를 긁적였다.

휴게실 안으로 들어가니 콩나물시루처럼 만원이었다. 사람들의 땀냄새가 휴게실에 진동했다. 하늘이 시커멓게 내려앉아 온 세상이 어두웠다. 정혁은 주위를 둘러보며 침착하고자 애썼다. 그러지 않으면 또다시 불안에 휩싸일 것 같았다. 여행지에서 맞는 어둠은 긴장을 동반하는 듯했다.

"얘들아, 그럼 난 아까 알아본 숙소에 먼저 가 볼게. 같이 움직이려고 했는데 숙소 체크부터 급히 해야 할 것 같아서."

곁에 선 사진작가가 비에 젖은 윗옷을 털며 말했다.

"네. 작가님도 천지까지 걷는다고 하셨죠? 동파 코스는 한 길이니까 내일 뵙겠네요. 비가 그쳐야 오를 수 있지만요."

리철이 사진작가를 바라보며 대답했다.

"물론이지! 인연이 닿으면 또 만나기 마련. 난 아리랑 호텔이라고 이 근처에 머물 거야. 무사히 내일 보자, 이만 먼저!"

"혹 못 만나더라도 서울 가면 작가님 여행기 찾아 읽을게요. 백두산 여행기도 쓰실 거죠? 기대할게요."

미소가 환한 얼굴로 손을 흔들었지만 정혁은 왠지 조금 서운해 보이는 낯빛의 미소가 걱정됐다.

"미소야, 그새 정들었어? 넌 너무 정이 많아서 탈이라니까. 가만 보니 내 고향이라 따라왔다면서 정작 나는 안중에도 없는 것 같고."

"야, 리정혁! 무슨 말을 하는 거야! 너야말로 고향이라고 향기만 챙기더라. 내 속도 모르면서……."

"사랑싸움은 나중에 해라! 지금은 우리가 머물 곳을 찾는 게 우선이거든. 아무래도 비가 그칠 것 같지 않아."

리철이 단호하게 말했지만 걱정스러운 말투까지 숨기지는 못했다. 미소는 그런 리철을 보며 대수롭지 않게 물었다.

"그냥 우비 하나씩 산 다음 숙소 알아보면 어때? 그깟 우비 살 돈도 없어? 진짜 구차하네."

눈치 없는 미소가 평소대로 말했을 뿐인데, 이번엔 리철의 반응이 예사롭지 않았다.

"그래. 나 때문에 구차하게 해서 미안하다. 죽을죄를 지었네! 난 한 푼이라도 아끼자는 뜻인데 그렇게 아픈 곳을 콕콕 찔러야 하냐?"

단단히 화가 난 모양인지 리철은 씩씩대다가 휴게실을 뛰쳐나갔다. 그런 리철의 뒷모습을 보며 일행 모두 어안이 벙벙했다. 특히 미소는 당황한 나머지 어쩔 줄 몰랐다.

"미소야, 리철 오빠가 자격지심 때문에 그런 거야. 네가 얼른 가서

166

오빠에게 사과하면 어떨까?"

향기의 말에 정혁이 대신 나섰다.

"사과는 무슨 사과! 그냥 흘려들어도 될 말에 형은 뭐가 저리 예민해? 내가 가서 잘 얘기하고 데리고 올게."

미소가 머뭇거리는 사이 정혁이 달려 나갔다. "형!" 하고 불렀지만 리철은 어디에도 보이지 않았다. 버스에서 내릴 때보다는 빗방울이 가늘어졌지만 여전히 비는 계속 내렸다. 정혁은 순식간에 온몸이 젖어 생쥐 꼴이 되고 말았다. 한여름이지만 산 밑이라 몸이 으스스했다. 정혁은 은근히 부아가 났다.

그나저나 휴게실 밖으로 나와 보니 사방팔방 백두산 관광객으로 광장이 꽉 찬 느낌이었다. 관광객들을 유혹하는 상인들의 호객 행위로 한층 더 시끌벅적했다. 관광 기념품을 파는 가게, 등산 용품을 파는 가게, 잡다한 음식을 파는 가게 등 유원지 분위기가 물씬 풍기기도 했다. 매표소 위로는 케이블카를 타는 곳도 보였다.

'백두산 오르려는 사람들이 이렇게 많은 줄 몰랐네. 근데 우리 또래는 눈에 안 띄네. 나도 형 만나기 전까지는 백두산 올 생각조차 못 했으니까.'

정혁이 이런저런 생각을 하며 한참 돌아도 리철은 보이지 않았다. 실망과 걱정이 교차한 얼굴로 휴게실로 돌아가려는 순간 정혁 눈에 저만치 서 있는 리철의 모습이 들어왔다. 관광 상품 가게에서 양손에 우비를 들고 나오는 듯했다. 리철은 한걸음에 달려온 정혁을 민망한 얼굴로 바라보았다.

"리철 형, 뭐야! 모두 걱정하잖아."

"미안하다, 정혁아. 실은 우비 준비도 못 해서 민망하던 차에 미소 말을 들으니 진짜 낯이 안 서더라. 화를 낸 나 자신이 더욱 바보 같고⋯⋯. 어쨌든 백두산 오를 땐 우비가 꼭 필요한데 이건 내 불찰이야."

"아냐, 형! 무슨 그런 말을 해."

잠시 뒤 리철과 정혁이 어깨동무하며 휴게실로 들어서자 모두 안도의 숨을 쉬었다. 리철은 미소에게 빨간 우비를 건네며 민망한 듯 머리를 긁적였다.

"미소야, 미안하다. 마음이 좁쌀만 해서 부끄럽다."

"오빠, 내 말투가 기분 나빴다면 미안해. 그런 뜻으로 한 말이 아니라는 건 알지?"

"자, 자, 리철이 사 온 우비 걸치고 어서 숙소 찾아보자. 아까 보니 관광객이 엄청 많던데, 그래서인지 가까운 곳은 만실이래. 벌써 땅거미가 지네. 우리 노숙하게 될까 봐 걱정이다."

수진이 교통정리하듯 배낭을 짊어지며 나섰다.

"여기는 관광지라 숙소가 비쌀 거야. 조금 걸어가면 하늘 아래 첫 동네가 나와. 그리로 가자고. 일단 배고프니까 내가 빵이라도 사 올게. 음료수하고. 배낭의 간식과 함께 요기부터 하자."

일행은 리철이 근처 매점에서 사 온 빵과 우유를 받아 들고는 빗속

168

을 걷기 시작했다. 광장으로 된 거리를 지나다 보니 김 작가가 머문 다는 아리랑 호텔이 보였다. 그리 큰 호텔은 아니지만, 아담한 분위기 가 참 포근해 보였다.

"저 호텔은 비싸겠지."

미소가 호텔을 지나며 부럽다는 듯 한마디 하는 순간, 리철과 눈이 마주쳤다. 미소는 또 괜한 오해를 불러일으킬까 두려웠다.

"이렇게 비가 오면 내일 천지 오르는 길을 차단할 것 같은데……. 걱정이다."

리철도 민망한지 일부러 목소리를 높여 딴소리했다. 울긋불긋한 간 판이 즐비한 곳을 지나자 한적한 시골 마을이 나왔다.

"여기가 신무성 지구 맞네."

리철이 갖고 온 지도와 나침반을 꺼내 한참을 살핀 뒤 말했다.

"분명 민박촌이 나 올 거야. 조금만 더 힘내."

리철의 말에 모두 주위를 두리번거리며 말없이 걸었다. 길가에는 집도 보이지 않고 지나는 사람도 별로 없었다. 이따금 차들이 다닐 뿐 아주 고요했다. 처음 가 보는 길이라 답답하고 두렵기조차 했다.

"난 배가 너무 고파서 빵이랑 우유 먹을래. 너도 먹어."

미소가 우비 속에 감춘 빵을 한 입 물으며 정혁에게 말했다. 정혁 이 빵을 꺼내 한참을 들여다보았다.

"갑자기 옛날 생각난다. 누나랑 수비대 눈을 피해 두만강을 건넜어. 브로커가 우릴 국경선 일대에 놔두고 가 버린 거야. 다른 브로커가 올

때까지 거기 서 기다리라는 말만 남기고. 거의 한 달이 되어도 아무도 나타나지 않는 거야. 정말 배가 고파서 눈이 뒤집힐 것만 같았어. 너무 배가 고프면 찢어지는 것 같은 통증이 온다는 거, 너는 모르지?"

정혁의 말에 미소는 입안 가득 넣은 빵을 우물거리며 무슨 말이냐는 듯 의아한 표정으로 바라보았다.

"서울 오기 전 이야기하는 거지? 너가 종종 이야기한 꽃제비 생활 시절 말이야?"

"응. 꽃제비 생활이 별건가 뭐. 배고파서 남의 집 음식 쓰레기통 뒤져서 옥수수 알이라도 주워 먹으면 꽃제비지. 나도 누나랑 식당 음식 찌꺼기 몰래 훔쳐 먹으며 살았어. 깊은 밤 농촌 사립문 열고 들어가서 강아지 밥통도 뒤졌고. 배가 고파 눈앞이 캄캄하고 어지러워 눈이 핑핑 돌 정도였어. 쉰내 나는 음식이라도 먹으면 좀 나았지. 지금 생각하면 그 시절이 마치 거짓말처럼 여겨져. 빵이 다 뭐야, 이런 빵이면 호사지."

어느새 옆에 다가온 수진이 정혁의 손을 꼭 잡았다.

"맞아. 이 정도로 힘들다고 하면 배부른 돼지나 마찬가지지."

"정혁이도 누나도 고생 많이 했구나. 나만 어렵게 살아 내느라 힘든 줄 알았어. 강을 건넌 사람들을 미워하면서도 부러워했고. 그토록 어렵게 죽을힘을 다해 떠난 고향에 온 거네. 새삼 놀랍다, 고맙고. 근데 여비까지 잃어버려 값싼 민박 찾느라 고생시켜서 미안하다."

리철의 깊은 탄식에 향기가 불쑥 일침을 가했다.

"오빠, 왜 이리 소심해! 너무 그러지 마. 도둑놈이 나쁘지, 오빠가 나빠? 그 배낭 잃어버린 게 죄는 아니잖아. 오빠 아니면 백두산 올 생각이라도 했겠어? 오빠가 여길 와 봤으니까 하늘 아래 첫 동네에 싼 민박집이 있다는 것도 아는 거잖아."

향기의 말에 모두 박수로 동조했다. 덕분에 잠시 어색했던 분위기가 다시 화기애애해졌다. 그러나 여전히 비는 그칠 줄 모르고 퍼부어 댔다. 얼마 더 걷자 희미하게 불빛이 반짝이는 골목이 보였다.

"보인다! 저기 불빛이 반짝이잖아. 민박촌이야."

리철의 말대로 아주 가까운 곳에서 불빛이 희미하게 깜빡였다. 정혁과 미소뿐 아니라 향기와 수진 모두 망망한 바다 위에서 만난 등대처럼 불빛이 반가웠다.

"하늘 아래 첫 동네라 불빛도 다르네."

향기가 큰 목소리로 외치며 반겼다. 그때였다.

"아, 아앗!"

갑자기 미소가 자지러지듯 비명을 지르며 주저앉았다. 빗물로 흥건한 웅덩이에 옷이 다 젖는 줄도 모른 채.

"배…… 배가 너무 아파. 화장실……. 급해!"

정혁의 얼굴이 새카맣게 타들어 갔다. 일행 모두 숨죽이며 미소의 상태를 살폈다.

하늘 아래 첫 동네

"미소야, 내 손 잡아. 일단 속을 비우면 나을 거야."

수진이 배를 잡고 절절매는 미소를 끌다시피 논두렁으로 데려갔다.

"너희는 못 본 척 천천히 가고 있어. 내가 미소 살필게."

수진은 미소가 민망하지 않게끔 침착하게 돌봐 주었다. 미소는 다급한 중에도 따뜻하게 챙겨 주는 수진을 보고 감동했다.

논두렁에 한참 쭈그리고 앉아 있던 미소가 기어 들어가는 소리로 말했다. 하지만 쏟아지는 빗소리에 잠겨 목소리가 잘 들리지 않아 수진이 좀 더 가까이 다가갔다.

"비 맞아 몸이 찬 와중에 빵이랑 우유 먹은 게 탈이 났나 봐. 원래 장이 예민한데 깜빡하고 허겁지겁 먹었더니……. 언니, 미안해."

"뭐가 미안해! 큰일 아니라 다행이다. 여기 휴지! 천천히 챙기고 먼저 가. 내가 흙으로 뒤처리하고 따라갈게."

"어머, 아니야! 내가 할게, 언니."

그러나 수진은 아랑곳 않고 미소의 등을 떠민 뒤 돌멩이로 논두렁의 흙을 파 흔적을 지웠다. 미소는 발을 동동 구르며 수진이 뒤처리하는 모습을 지켜보았다.

"체하면 한동안 죽을 먹어야 하는데 걱정이네. 일단 민박 정하고 생각해 보자. 여행이 고된가 보다. 우리야 죽음의 강도 건너고 온갖 일을 겪었으니 이쯤 아무것도 아니지만 미소는 다를 거야."

미소 곁으로 온 수진이 걱정스러운 눈빛으로 말했다.

"그래도 함께여서 든든해요. 새로운 경험이고요. 내가 얼마나 온실속에서 살아왔는지 절감해."

속이 좀 나아졌는지 미소는 수진에게 존댓말과 반말을 섞어 가며 속내를 편히 드러냈다.

"누나! 미소야! 여기 방 구했어!"

저 멀리서 정혁이 큰 소리로 외쳤다. 그 말에 미소는 온돌방을 떠올렸다. 따뜻한 방바닥에 배를 지지면 개운하게 날 것 같았다. 정혁이 달려와 미소의 어깨를 푸근하게 감싸 안았다.

"배 많이 아파? 소화제 구해 왔어. 얼른 가서 약 먹자."

"괜히 나 때문에 신경 쓰게 해서 미안해."

"딴생각 말고 아프지 마. 네가 아프면 모두가 아픈 거나 마찬가지니까."

미소는 얼굴 한번 본 적 없는 아빠보다 정혁이 더 든든하고 믿음직스러웠다. 여행하며 크고 작은 사고를 함께 겪고 정을 나눠서일까, 일행 모두가 가족처럼 끈끈하게 여겨졌다.

일행이 잡은 민박은 길가에 있었다. 너와 지붕에 네모 형태로 된 집이라 아늑했다. 안방에 할아버지와 할머니가 살았고, 건넌방과 사랑방을 손님에게 내주었다.

"어디에서들 왔어요?"

여든이 훌쩍 넘어 보이는 백발의 할아버지가 쉰 목소리로 물었다.

"저는 청진에서 왔어요. 여기는 제 사촌이고요, 이 친구들은……."

리철이 일행을 소개하려고 하자 정혁이 나섰다.

"누나랑 저는 도강해서 서울에 가 살았어요. 통일되자마자 고향 찾아왔어요. 아빠 찾아왔지만 소식조차 모르던 차에 형을 만나 백두산에 오르는 길이에요, 할아버지."

"저는 서울 토박이인데요, 친구 따라 북녘땅 구경 왔어요."

각기 소개하자, 할아버지가 작은 눈을 애써 크게 뜨며 말했다.

"통일이 되니 기특한 젊은이들도 만나고 좋네."

하얀 머리를 쓸어 넘기며 허허 웃는 할아버지 모습이 멋졌다. 키가 크지는 않지만 탄탄하고 다부진 몸매가 무척 건강해 보였다. 리철이 방값이 얼마냐고 묻자 할아버지가 손사래를 쳤다.

"우리는 정식으로 민박을 하는 게 아니에요. 두 늙은이가 심심풀이로 놀이 삼아 방 빌려주는 거니까 편하게 지내요. 저녁 요기도 못 했을 텐데."

"고맙습니다, 할아버지!"

일행은 약속이나 한 듯 큰 소리로 말했다.

"누나랑 향기와 미소가 건넌방에서 자. 우리가 사랑방에서 잘게. 그나저나 저녁을 못 먹어서 어쩌지. 일단 가방에 있는 누룽지라든가 과자로 요기나 하고 내일 아침에 나가서 사 먹자."

리철이 눈그늘 짙은 얼굴로 말했다. 은근히 가이드를 맡은 것이 피곤한 것 같았다.

"다 같이 앉아서 먹자. 여기 커피포트가 있네. 뜨거운 물 끓여서 누룽지라도 먹자고."

수진이 잽싸게 커피포트를 켰다. 그러고는 배낭을 뒤져 누룽지와 과자 봉지를 꺼내 리철과 정혁에게 나눠 주었다.

"미소 엄마가 선견지명이 있으신 거야. 일단 싸 온 것들 맛있게 먹자. 얼른 먹어."

수진은 향기에게 과자를 듬뿍 집어 주었다. 다 같이 누룽지가 녹녹해질 때를 기다리며 과자를 먹었다. 하지만 미소는 아직 속이 완전히 편하지 않은지 조심하는 눈치였다.

그때 방문이 열리고 할머니가 들어왔다. 동백기름을 바른 듯, 깔끔하게 머리를 올린 할머니는 큰 쟁반에 음식을 내왔다. 구부정한 허리 때문에 들고 있는 쟁반이 위태로워 보였다. 향기가 자리에서 벌떡 일어나 쟁반을 받았다.

"이거 우리가 먹고 남은 거예요. 요기라도 하면 좋을 것 같아서."

할머니의 정 깊은 목소리에 허기가 채워지는 듯싶었다.

"할머니, 퐁퐁떡이네요. 언제 이런 것까지 준비해 놓으셨어요?"

수진이 할머니의 손을 만지며 연신 고맙다는 말을 잊지 않았다.

"어머나, 이게 말로만 듣던 퐁퐁떡이야? 맛있겠다."

미소의 말에 정혁이가 미소를 툭 치며 말했다.

"너 배 아프잖아. 퐁퐁떡은 옥수수 가루로 만든 것이라 소화하기 힘들어. 따듯한 누룽지 먹어. 아프면 안 돼."

"와, 남친 없는 사람 서럽다! 정혁이가 저토록 다정하고 배려심이 깊은 줄 진짜 몰랐네."

향기의 말에 갑자기 분위기가 묘해졌다. 향기가 불쑥 한 마디씩 던질 때마다 정혁은 민망하고 당황스러웠다.

"젊은 아가씨가 배탈이 났나? 잠깐 기다려요, 할아버지가 침을 좀 놓아 줄 테니까."

할머니가 뒤뚱거리며 안방으로 건너가자 누가 먼저랄 것 없이 퐁퐁떡을 집었다. 미소만 눈이 퀭한 채 벽에 붙은 사진첩을 올려다보았다.

"영화에 나오는 옛날 시골집 같아. 할아버지 할머니 모습도 그렇고."

"외가댁에 놀러 온 기분이야."

"이 동네에서 오래 사신 분들 같아."

생각나는 대로 편히 떠들고 있는데 할아버지가 침통을 들고 들어왔다. 반질반질 손때 묻은 은빛 침통을 보니 할아버지의 연륜이 느껴졌다.

"급체에는 침만큼 효과가 빠른 게 없지. 손 좀 내밀어 보게나."

할아버지는 노련한 자세로 미소의 손을 꾹꾹 눌러 보며, 침놓을 자리를 찾았다. 할아버지의 모습은 텔레비전에 나오는 명의처럼 노련했다. 그러나 미소의 얼굴은 백지장처럼 창백해져 갔다.

"할아버지, 저 침 안 맞아도 될 것 같아요. 그냥 약 먹으면 돼요."

미소는 침 맞는 것이 무섭다기보다는 찜찜했다. 왠지 할아버지의 침술을 믿을 수 없었다. 침 맞은 뒤, 더 나쁜 상황이 될까 두려웠다.

"믿고 맡기면 신기루처럼 낫는다니까."

할아버지는 아랑곳없이 손등은 물론 손목까지 꼼꼼하게 침을 놓았다. 미소는 악, 소리를 내면서도 잘 참았다.

"트림 나오면 맘껏 내뱉고. 물만 조금 마시고 자면 거뜬할 거예요."

할아버지의 말에 향기가 나섰다.

"할아버지 실력이 범상치 않아요. 경력이 꽤 되시나 봐요."

"이 침 하나로 우리 가족의 건강을 지키며 살아왔지. 가끔 이 집을 거쳐 간 손님들도 감쪽같이 고쳤고."

끄윽! 갑자기 미소가 방문을 열고 마당으로 뛰쳐나갔다. 수돗가에 쪼그린 채 속에 남은 것을 전부 게워 냈다. 괴로운 듯하면서도 편안한 표정이었다.

"이제 됐네. 들어와서 따뜻한 물 한 잔 마시면 개운할 거야."

할아버지의 정이 넘치는 말에 미소는 경의를 표했다.

"거짓말처럼 속이 편해졌어요! 고맙습니다, 할아버지."

미소는 수돗물을 틀어 토사물을 치우면서도 연신 감사 인사를 했다.

"이제 우리는 사랑방으로 건너갈게. 내일 아침에 봐."

리철의 뒤를 따라 정혁이 나가자 미소와 수진과 향기는 멍하니 천장을 바라봤다.

"씻을 곳이 마땅치 않네. 에이, 난 안 씻을래. 물휴지로 대충 지우고 말지, 뭐. 하루쯤 세수 안 한다고 큰일 나는 건 아니잖아."

향기가 건넨 물휴지로 수진과 미소도 얼굴을 문질렀다.

"진짜 괜찮은 거야? 할아버지가 돌팔이는 아닌가 봐."

왠지 까칠하던 향기가 다정한 목소리로 묻자 미소는 씩 웃었다.

수진은 몹시 피곤한 듯 금방 잠이 들었다. 향기도 옆에 누워 조용한 걸 보면 잠이 든 것 같았다. 미소는 쉽게 잠이 오지 않아 뒤척거렸다. 불현듯 엄마 생각이 났다.

'엄마가 날 실종 신고하지는 않았겠지? 정혁이를 따라나설 때는 뭐든 쉽게만 생각했는데 예상치 못한 일이 많네. 내일은 속이 말끔히 나으면 좋겠어. 철도도 곧 보수될 테니 무사히 집에 갈 수 있겠지.'

미소 걱정을 붙든 채 사랑방으로 간 정혁은 잠깐 눕는다 하고는 씻지도 않고 금세 곯아떨어졌다. 리철은 자리에 눕긴 했지만 잠이 오지 않았다. 정혁이 잠든 모습을 물끄러미 바라보며 리철이 독백처럼 읊조렸다.

"소나기는 그쳤지만 부슬비가 내리네. 내일 백두산을 오를 수 있으려나!"

밤새 안개 속에 잠긴 하늘 아래 첫 동네는 한없이 고요했다.

할아버지의 꽃씨

"이렇게 안개가 끼어서 어쩌나! 오늘 산에 오르는 건 무리겠어!"

"이런 날에는 케이블카도 못 오르겠죠? 하긴 맑게 갠 날이 며칠이나 되남. 늦장마가 끝날 때도 됐는데, 어휴……. 젊은이들 상심이 크겠어요."

이른 새벽부터 할아버지와 할머니가 툇마루에 앉아 두런두런 이야기를 나누었다. 마당에서는 누렁이들이 경쟁하듯, 밥그릇 싸움을 하느라 분주했다. 뒤란에서는 닭들이 때늦은 홰를 치며 존재감을 나타냈다. 키 작은 울타리 밑에 핀 봉숭아가 함초롬히 얼굴을 내밀고 있었다.

건넌방에서 자던 수진이 두런거리는 소리에 잠이 깨 방문을 열고 밖으로 나왔다.

"안녕히 주무셨어요?"

"불편한 데는 없었남?"

할머니는 친손녀 대하듯 다정하게 수진에게 물었다. 잠시 후, 사랑방에 자던 리철과 정혁도 부스스한 얼굴로 나와 인사를 했다. 향기와 미소도 기지개를 한껏 켜며 방에서 나왔다.

"미소야, 배 안 아파?"

정혁은 밤새 참았다는 듯 미소의 손을 잡으며 다그치듯 물었다. 향기가 정혁을 보며 살짝 눈을 흘겼다.

"괜찮아. 역시 할아버지가 명의신가 봐!"

미소가 명랑한 목소리로 대꾸하며 할아버지를 향해 꾸벅 인사를 했다.

"다행이구먼. 그나저나 오늘 산에 못 오를 것 같아 어쩌나. 안개가 잔뜩 꼈는데, 이런 날은 입산 금지령을 내리더라고."

할아버지는 일행을 바라보며 낙심한 얼굴로 말했다.

"아, 낭패다. 공치는 날이네. 종일 여기서 뭐 하지?"

미소가 실망한 얼굴로 말하자 모두 하늘만 물끄러미 올려다보았다.

"일단은 우리 먹는 대로 아침 해 먹고 상황을 보자고."

할아버지는 할머니를 보며 아침밥을 지으라는 신호를 했다. 허리가 굽은 할머니가 어기적거리며 주방으로 갔다. 그 모습을 힐금 쳐다본 수진이 나서서 할머니를 말렸다.

"힘드신데 무슨 말씀이세요. 저희는 매표소 있는 곳에 가서 사 먹으면 됩니다. 재워 주신 것만으로도 감사한데요."

"맞아요, 할머니. 저희 걱정은 마세요."

일행이 한목소리로 말리자, 할머니는 멍하니 서서 할아버지 눈치를 봤다. 내심 너무 많은 식사를 준비하려니 부담됐던 것 같기도 했다.

"할아버지, 식사는 저희가 알아서 할게요. 걱정하지 않으셔도 돼요. 대신…… 여기 하루만 더 묵어도 될까요? 아무래도 오늘은 움직이기 힘들 것 같아서요."

리철이 조심스럽게 양해를 구했다.

"하루가 아니라 며칠이라도 머물다 꼭 천지 보고 가요. 서울에서 온 젊은이들인데 꼭 영산을 봐야지. 아마 천지 신령도 젊은이들을 기다릴 거요. 할멈, 뭣해요! 아침 식사 준비하라니까!"

망설이는 할머니에게 할아버지는 불호령을 내렸다.

"알았어요. 밥하기 싫어서가 아니라, 마땅히 내놓을 게 없어서 그래요."

"할머니, 제가 도와 드릴게요. 저희는 아무거나 잘 먹어요. 신경 써 주시는 것만으로도 정말 감사해요."

수진이 부엌으로 가며 말하자 할머니가 인자한 미소를 지으며 반겼다. 살가운 수진을 반기는 모습을 보니 할머니도 많이 외로웠던 것 같았다.

"할아버지 말씀을 들으니 더더욱 천지가 보고 싶어요. 처음에는 리철 오빠가 가자고 해서 별생각 없이 따라나섰어요. 근데 코앞에 천지가 있다고 생각하니 너무나 보고 싶은 거 있죠. 할아버지는 천지를 몇 번이나 보셨어요?"

체기가 말끔히 가신 미소가 활기를 되찾은 목소리로 묻자 사방이 밝아지는 느낌이었다.

"내 이야기를 하자면 온종일 해도 부족해. 엊저녁도 제대로 못 먹었으니 아침 든든히 먹은 후 얘기합시다."

수진과 할머니는 부지런히 아침 준비를 했다.

"어머! 할머니, 콩나물 김치가 있네요. 맛있겠어요. 오랜만에 보니 소꿉 친구 만난 것처럼 반갑네요. 서울에서는 한 번도 못 먹었어요."

수진은 콩나물 김치를 보자 옛 생각에 뭉클해졌다. 서울에서 다시 만나 살면서도 엄마는 집에서 제대로 밥해 줄 시간이 없었다. 그래서 수진은 엄마가 해 주던 콩나물 김치가 늘 그리웠다. 그런데 하늘 아래 첫 동네에서 콩나물 김치를 만나다니! 무지 반가웠다. 수진은 할머니가 보는 앞에서 콩나물 김치를 한입 가득 퍼먹었다.

"참 맛있어요! 시원하고요. 할머니 솜씨가 정말 좋으셔요."

"어휴, 늙은이가 하는 게 뭐가 맛있다고. 참말로. 강냉이 지짐도 먹어 봤겠지? 우린 아직도 옥수수로 만든 음식을 많이 먹는다우."

할머니는 가난한 밥상을 손님에게 보이는 것이 부끄럽다며 연신 민망해했다. 향기와 미소가 부엌으로 들어오자 할머니가 손사래를 쳤다.

"할 것도 별로 없는데 괜히 복잡해. 나가서 기다려요!"

할아버지는 어느새 툇마루에 소반 두 개를 갖다 놓았다.

쟁반에 밑반찬이며 새로 만든 강냉이죽과 지짐을 담아 내오자 일행 모두 입을 다물지 못했다.

"진짜 외가댁에 온 기분입니다."

정혁이 감격스러운 마음에 큰 소리로 말하자 동의한다는 듯 모두 고개를 끄덕였다.

"반찬은 없지만 다 같이 한술 뜹시다."

할아버지의 말에 여자들은 할머니와 함께, 남자들은 할아버지와 같이 아침 식사를 했다. 옹기종기 모여 앉아 밥을 먹는 모습이 흑백 영화의 한 장면처럼 정겨웠다.

"강냉이 지짐 오랜만에 먹는데 진짜 맛있어요. 우리 엄마는 예전에 먹던 음식 생각하기도 싫대요. 피자라든가 스파게티 같은 퓨전 음식을 나보다 더 좋아하세요. 서울에서는 엄마가 차려 주는 밥상이 무척이나 그리웠거든요."

향기가 콩나물 김치를 연신 퍼먹으며 엄마에 대해 서운함을 털어놓았다.

"너희 엄마는 워킹맘이시잖아. 퓨전 음식 좋아하시는 건 시류에 빨리 적응하는 능력이고."

미소가 향기 엄마를 만났을 때 느낀 강한 인상을 떠올리며 에둘러 말했다.

"반찬이 변변찮아도 맛있게들 먹어 주니 참 고맙고 기특하네."

얼추 식사가 끝나자 할머니가 누룽지를 내오며 흐뭇한 표정으로 말했다.

누룽지 그릇까지 싹 비우고 일행 모두 나서서 설거지까지 후다닥 마쳤다. 그러고는 할아버지가 기다리는 툇마루에 모두 앉았다. 할아버지는 기다렸다는 듯 정혁에게 먼저 물었다.

"서울살이는 어떻든가! 평생 한곳에서만 산 사람이 궁금해서 묻네."

"한동안 연락조차 없던 엄마를 만난 것도 그렇고, 모든 게 낯설고 힘들었습니다. 한 가지 분명한 것은, 남한은 무엇이든 자기가 원하면 할 수 있는 기회가 주어지는 땅인 것 같아요."

정혁이 무슨 말을 해야 할지 망설이다 두루뭉술하게 말했다.

"그렇군. 그래도 엄마나 누나랑 같이 있어서 힘이 됐겠어. 혼자 내려간 사람들도 많다고 들었는데……."

할아버지는 그냥 지나는 말로 묻는 것 같지 않았다. 왠지 남한 생활에 대해 알고 싶은 게 많아 보였다.

"할아버지, 전 서울에서 혼자 살았어요. 중국 장마당에 나가 돈 벌어서, 고향에 돌아올 생각으로 강을 건넜어요. 그런데 우연히 서울에 갈 기회가 있다는 걸 알고 마음이 흔들렸지요. 정혁이가 말한 대로 남한이 기회의 땅인 건 맞아요. 공부할 기회도 많고, 볼거리도 많고, 마음만 먹으면 가능한 일인데……. 그 마음먹는 일이 녹록지 않았어요. 워낙 살아온 환경이 다르다 보니 기부터 죽거든요. 그래서 전 공부보다는 내가 관심 있는 미용 쪽으로 진로를 바꾸었어요."

향기가 회상에 젖은 듯 차분한 목소리로 말했다.

"너한테는 미용사란 직업이 잘 어울릴 것 같아. 내 머리도 너한테 맡겨야겠다. 그나저나 너는 다시 서울로 돌아갈 거니? 작은어머니가 여기서 살기를 바라시잖아."

리철은 사촌 오빠답게 향기를 많이 걱정하는 투로 물었다.

"난 아직 배워야 할 게 많아. 미용도 잘하게 되려면 엄청 많은 공부와 수련이 필요하거든. 게다가 유학파를 선호한다는 느낌도 들고. 나도 언젠가는 해외에 나가 배우고 올 거야. 단기간이라도 꼭. 나중에 고향에 돌아와 멋진 뷰티 숍을 내는 게 꿈이긴 해. 그러나 지금은 갈 길이 너무 멀어. 오빠는 정말 남한 생활에 관심이 많은 것 같네. 통일됐으니 시도해 봐, 서울로의 진출."

향기는 리철 오빠와 이렇듯 깊은 이야기까지 나눌 수 있다는 게 꿈만 같았다.

"부럽다, 향기야. 난 솔직히 영재학교에 들어갔을 뿐 무엇을 해야 할지 막막해. 통일되고 나니 더욱 혼란스러워. 내가 가 보지 못한 환경에 접해 보고 싶은 욕망도 크고."

리철의 고백에 모두 의아한 표정이었다.

"리철 형은 나처럼 방황하지 않는 줄 알았어. 영재학교 졸업하면 승승장구라며? 근데 왠지 형이 인간적으로 보여서 좋다. 하하!"

정혁이 일부러 농담처럼 말했다. 옆에서 길동무들의 이야기를 경청하던 미소도 이야기 속에 끼어들고 싶었다. 어쩌면 할아버지와 가장 많은 이야기를 나누고 싶은 사람은 미소였는지도 모른다.

"할아버지, 저희 외할아버지께서 전쟁 때 월북하셨대요. 혹시나 친구 따라 북한에 가면 할아버지 소식을 들을까 했지만 막연했지요. 와 보니 꿈같은 이야기 같아요."

"아! 흠, 그렇구먼."

할아버지는 이 말만 남기고, 미소의 얼굴을 유심히 살폈다.

"내가 젊을 때 온성에 있는 탄광에서 막장 일을 했지! 그때 남조선에서 월북한 사람들이 꽤 됐어. 깊은 내막은 모르지만, 그들은 늘 고향에 두고 온 가족을 그리워했지. 아마 자네 증조할아버지도 그러셨을 거야."

"어머! 할아버지 말씀을 들으니 마치 증조할아버지 소식을 들은 것 같아요. 서울 돌아가면 엄마에게 전할게요."

"그럼……. 가족을 버리고 왔다는 죄책감에 많이들 맘고생하며 시달렸어. 평생을 그랬지. 아마 그분들은 지금쯤 모두 돌아가셨을 거야. 잘살아 보겠다고 월북했을 텐데 허리 한 번 못 펴고 탄광 일만 하다 돌아가신 분들 생각하면 뼈가 아파. 실은 나도 사고당해서 할 수 없이 일을 그만두었지. 그 뒤 이리로 들어와 움막 같은 집에서 평생 사는 거야."

할아버지가 벽에 붙은 사진첩을 바라보며 회상에 젖었다.

"영감, 하늘이 개는 것 같아요. 젊은 사람들 붙잡고 웬 넋두리가 그리 심해요! 어서들 짐 싸서 산에 오르게 해요."

할머니가 나서지 않았으면, 종일 할아버지 이야기에 빠져 시간 가는 줄 모를 뻔했다.

"와! 진짜 하늘이 쨍하네요."

"날씨가 정말 요물 같네. 아침에도 부슬비가 내려서 낭패인 줄 알았는데."

"우리 백두산에 오를 수 있겠는걸."

"또 비 오기 전에 얼른 가자."

모두 한마디씩 외치는 사이 할아버지가 슬그머니 일어나 광으로 들어갔다.

"케이블카 타면 눈 깜짝할 사이에 천지를 볼 수 있는데. 굳이 걸어가겠다니. 참 기특한 젊은이들이야."

할머니의 칭찬이 끝나기도 전에 할아버지가 헝겊 주머니를 일일이 나눠 주었다. 그러고는 차분히 입을 열었다.

"이게 백두산 천지 오를 때마다 주변에서 받은 꽃씨다. 만병초, 두메 양귀비, 땅나리꽃 등 꽤 많지. 정상에 오르면 천지 주변에 뿌려 주면 좋겠어. 고향 찾아온 자네들이 뿌린 꽃씨라 더 잘 자랄 거야. 아마도 그 꽃씨에서는 '통일 꽃'이 필 테고."

할아버지가 시를 읊듯 감상적으로 말했다.

"앗, 할아버지. 그러잖아도 저희끼리 천지에 오르면 기념 나무라도 심자는 이야기는 했어요. 그런데 할아버지가 꽃씨를 주시다니. 정말 놀랍네요!"

수진의 말에 일행 모두 고개를 끄덕이며 할아버지를 바라보았다.

"백두산은 우리 땅이기도 하지만 중국 영토이기도 해서 맘대로 나무를 심을 수 없지. 꽃씨는 상관없으니까 정성껏 뿌리고 내려오라고. 젊은이들과 마음이 통한 것 같아 뿌듯하군."

"할아버지, 우리가 뿌린 꽃씨에서 꽃이 필 때쯤 다시 올게요. 그때까지 건강하셔야 해요. 할머니도요."

리철이 할아버지가 눈치채지 못하게 할머니의 주머니에 돈을 넣어 드렸다. 할머니는 리철에게 봉지 꾸러미를 건네며 아쉬운 듯 몇 번이고 손을 잡았다.

"새벽에 퐁퐁떡 만들어 베주머니에 싸 놓았어. 돌이라도 씹어 먹을 젊은이들인데. 도시락도 없이 어찌 영산을 오를까 싶어서. 산에 오르다 배고프면 먹어들!"

할아버지와 할머니의 사랑을 듬뿍 받고 산을 오를 생각에 일행 모두 콧등이 찡했다. 생각지도 못한 따듯한 인연에 몸 둘 바를 몰랐다. 하늘 아래 첫 동네에서 가깝고도 먼 천지에서, 일행을 기다리는 메아리 소리가 아련하게 들려왔다.

맨발로 천지를 밟다

"새벽까지만 해도 안개로 뒤덮인 세상이었잖아. 어쩜 이렇게 맑을 수 있을까? 그나저나 천지까지 걸어갈 수 있을까?"

미소가 배낭을 짊어지며 설렘과 걱정이 교차하는 얼굴로 말을 꺼냈다. 그러자 향기가 입을 비죽거렸다.

"나도 솔직히 백두산 천지까지 걸어 올라갈 생각은 못 했어. 근데 악어 떼가 득실거리는 메콩강도 건넜는데 못 할 게 뭐 있나 싶네! 그치만 곱게 자란 미소는 걱정되긴 한다. 뒤처져서 우리 고생시키지 말고 잘 따라와."

향기의 비아냥거리는 소리에 미소는 보란 듯 정혁의 팔짱을 꼈다. 그러자 향기가 눈을 흘기며 뒤를 바싹 따랐다.

"지금 괜한 말다툼으로 에너지를 쏟을 때가 아니라니까. 일단 밀 영까지 오를 거야. 물 한 병씩은 각자 챙기고, 또 비 올지도 모르니까 우비는 가까운 곳에 넣고.”

리철이 산악 대장처럼 듬직하게 말했다. 저벅저벅 앞장서 걷는 모
습 또한 멋졌다.

백두산 2744M

빨간색 팻말을 기점으로 일행이 산을 오르기 시작했다. 경사가 높
거나 돌산이 아니라 다행이었다. 푸르른 이파리들이 뿜어내는 향기로
온몸이 상쾌해지는 기분이었다.

울긋불긋 등산복을 입은 몇몇 사람이 앞서 올랐다. 혼자 걷는 이
도 간간이 보였다. 그중 한 명이 소책자를 들고 나무를 유심히 살피
며 올랐다. 얼마 전 만난 사진작가였다. 사진작가는 일행이 왁자지껄
떠드는 소리에 고개를 들다 미소와 눈이 마주쳤다. 마침 미소는 신발
이 편치 않아 등산화를 벗어 살피는 중이었다. 무엇보다 발톱이 조금
씩 아파서 신경이 쓰였다. 새 신발을 잘못 신었을 때 오는 불쾌감이
아직도 온몸을 감싸고 있었다. 그런데 사진작가를 만나자 미소는 모
든 고통이 사라지는 느낌이었다.

“아, 여기서 만나네. 비 그치자마자 올랐더니 역시 만나네. 만날 사
람은 어디서든 만난다더니! 우리는 아무래도 시절 인연인가 봐.”

언제나 시원시원한 사진작가가 일행을 반겼다.

“어머, 반가워요! 작가님, 근데 산에 와서까지 책을 읽으세요?”

궁금한 건 못 참는 미소가 사진작가의 얼굴과 손에 든 소책자를 번갈아 살피며 물었다.

"《식물도감》! 백두산에 자라는 나무와 야생화 이름이 꼼꼼히 적힌 책이라 가져왔지."

사진작가는 꽃과 나무 사진이 실린 도감을 보이며 말했다.

"어머나, 대단하세요. 저는 나무를 보면 그냥 나무인가 보다, 꽃을 보면 그냥 꽃이 예쁘네, 하거든요. 솔직히 자연에 아직 관심이 없고, 천지나 빨리 봤으면 좋겠다고 생각하던 중이었어요."

너무나 솔직했지만 일행 모두 미소의 말에 어느 정도 공감했다. 다들 언제 천지에 오르나, 하는 생각뿐이었다. 이제야 수진은 사진작가의 도감을 곁에서 살펴보고 주변을 둘러보았다. 향기와 정혁도 관심을 보이는 가운데 리철만 나침반을 보느라 정신없었다.

"여행기를 쓸 때 '이름 모를 들꽃'이라든가, '알 수 없는 나무'라고 쓸 수는 없잖아요. 그러면 당장 독자에게 신뢰를 잃거든요. 오기 전에 식물이나 나무에 대해 많이 공부한 편인데도 여전히 헷갈리네."

사진작가가 하는 말을 묵묵히 듣고 있던 리철이 한마디 툭 던졌다.

"작가님, 천지 보려면 해 났을 때 오르는 게 상책입니다. 천지 날씨는 하루에도 열두 번은 바뀌니까요. 중간쯤에서 소나기를 만날 수도 있어요. 그러면 무조건 내려와야 합니다."

리철의 강압적인 말에 사진작가는 감정이 살짝 상한 것 같았다.

"꽃이며 나무 이름에 관심도 없이, 눈길 한번 주지 않고 천지를 보

192

는 게 무슨 의미가 있지?"

웃으며 말하지만 뼈 있는 소리였다. 하지만 리철도 만만치 않았다.

"백두산에는 사스레나무나 잇갈나무만 있습니다. 추위에 잘 견디는 나무라서요. 꽃도 만병초나 하늘나리 정도밖에 자라지 못합니다. 날씨 탓이죠. 지금은 빨리 올라가는 게 상책입니다."

리철의 말에 일리가 있다고 생각했는지, 사진작가는 책을 배낭에 넣고 부지런히 걸었다. 리철은 가장 앞장서서 말없이 걸었다. 수진과 향기는 그 뒤를 바싹 따랐다. 정혁은 미소와 보조를 맞추려 천천히 올랐다. 미소가 사진작가와 이야기하느라 굼뜨게 올라와도 인내심으로 기다렸다.

"천지를 보는 것도 중요하지만 꽃구경도 하며 올라야지. 저어기 저 들꽃, 노오란 종지기처럼 귀엽고 너무 예쁘다. 군락으로 피어 있어 더욱 황홀하네."

사진작가는 연신 셔터를 누르며 독백하듯 감탄사를 연발했다.

일행 중 누구도 야생화에 관심을 보이지 않았다. 점점 더 가파른 곳이 나오면서 숨을 제대로 고르는 것조차 힘들기에 더욱더. 하지만 미소는 달랐다. 버스에서 사진작가를 만났을 때부터 마치 롤 모델을 만난 듯 한눈에 끌렸던 터라 그냥 지나칠 수가 없었다. 무엇보다 사진작가가 가리키는 야생화가 하도 예뻐서 이름이라도 알고 싶었다.

"노오란 종지기라는 말이 참 예뻐요, 작가님."

미소가 호응해 주자 사진작가의 얼굴이 소녀처럼 발그레해졌다.

"도감에 '단자리 꽃나무'라고 나왔네. 꽃들도 자기 이름을 불러 주면 기분 좋지 않을까?"

사진작가의 말에 미소는 노란 꽃잎을 향해 이름을 불러 줬다.

"단자리 꽃나무야, 참 예쁘다. 반가워."

"어머, 감성이 특별하네. 들꽃 이름을 불러 주는 소녀……. 멋지다!"

사진작가는 들꽃을 바라보는 미소의 시선까지도 카메라에 담으며 즐거워했다. 일일이 이름을 익히기에는 역부족일 정도로 야생화가 지천으로 깔려 있었다. 미소는 그림엽서 같은 풍경에 넋을 놓았다.

점점 더 경사가 심해져서 일행 모두 헉헉대며 산을 올랐다. 힘이 들수록 말수는 줄었다. 가쁜 숨소리만 겨우 들릴 뿐이었다.

"잠깐 여기서 쉬었다 갈게요. 여긴 밀영이라는 곳이에요. 김일성 주석이 항일 빨치산 운동할 때 머물던 곳입니다. 김정일 위원장의 생가이기도 하죠. 북한에서는 학생이나 군인이면 의무적으로 참배하던 곳이고요."

설명을 마친 리철이 가리키는 곳을 보니 동상도 보이고 유적지로 보존된 건물도 보였다. 리철은 사진작가를 의식하며 너와 지붕으로 지어진 집 안을 휘휘 돌며 일일이 설명을 곁들여 주었다.

"부엌이며 방 안의 풍경은 김일성 주석이 혁명 운동할 때 쓰던 것이랍니다. 저토록 소박한 살림을 하며 일본군과 투쟁했다는 것을 강조하죠. 구경은 여기까지만 하고 얼른 오르겠습니다."

산에 오른 지 두 시간쯤 지나자, 모두 지쳐 어쩔 줄 몰라 했다. 물

밖을 떠난 물고기처럼 숨을 헐떡였다. 가져온 물도 동이 났다. 비 온 뒤의 햇살은 더욱 강렬했다. 타오르는 활화산처럼 들끓었다.

"여기가 깔딱 고개입니다. 조금만 오르면 천지가 나올 겁니다. 작년에 저는 여기서 하산했습니다. 분명 날이 좋아서 올랐는데 갑자기 비가 쏟아지면서 온통 안개로 뒤덮여 한 치 앞을 볼 수 없었거든요."

리철이 말투며 몸가짐 등에 더욱 신경 쓰며 가이드 역할을 톡톡히 했다.

"오죽하면 백 명이 오르면 두 명밖에 볼 수 없어 '백두산'이라고 했을까. 덕분에 잘 따라왔네. 깔딱 고개는 넘기 힘든 만큼 보람도 크지. 누구나 인생의 깔딱 고개는 있듯이, 정상에 오르면 힘들었던 게 더욱 보람되겠지. 어서 천지 보러 갑시다."

도감을 들고 여유를 부리던 사진작가도 한껏 설레는 표정이었다.

"아, 난 포기! 이 깔딱 고개 못 넘을 것 같아. 발톱이 빠질 것처럼 아파. 한 발 내디딜 때마다 살점이 떨어져 나가는 것 같다니까. 난 여기서 쉴게. 다녀오면 같이 내려갈게."

결국 미소가 자리에 털썩 주저앉았다. 등산화를 벗고 두 발을 바위에 올려놓은 뒤 햇볕에 말렸다. 배탈이 났던 것도 문제인 듯싶었다. 미소는 기운이 없어 퀭한 눈으로 널브러졌다.

"나랑 호흡이 맞아서 좋았는데 어쩌지? 그래도 힘을 내 보면 어떨까. 내가 기운 날 때까지 기다려 줄 테니까. 깔딱 고개는 힘들지만 힘겹게 넘고 나면 뿌듯하지. 자기와의 싸움에서 이겼다는 성취감도 크고."

일행 곁에서 조용히 쉬고 있던 사진작가가 미소에게 말을 건넸다. 미소는 배려하고 이끌어 주는 사진작가가 고마웠다. 정혁은 미소가 자꾸 아프고 힘들어하는 것이 마음에 걸렸다.

"내가 뒤에서 밀어 줄게. 같이 가자. 너 못 가면 나도 안 갈래. 너만 두고 갈 수 없어."

정혁마저 적극적으로 나서자 미소는 망설여졌다.

'나만 쉬면 그만일 줄 알았는데, 모두의 사기를 꺾은 것 같네. 발톱이 빠져도 가야 하는 건가.'

미소는 속으로 자기와 끊임없이 묻고 답한 뒤 마음을 다잡았다. 할머니가 주신 퐁퐁떡을 한 입 물었다. 조금 남은 물로 입을 축이고는 다시 명랑하게 말했다.

"그래, 까짓것! 깔딱 고개 눈감고 넘어 보지, 뭐. 천천히 따라 올라갈게. 내 걱정하지 말고 먼저 올라가!"

미소는 큰소리를 치고 자리에서 일어났지만 한 발자국을 내딛다 말고 그대로 주저앉았다. 끼아악! 엄청난 비명 소리와 함께였다.

"발톱이 운동화에 닿기만 해도 까무러칠 것처럼 아파. 새 신발이 내 살을 파는 것 같아. 아무래도 난 안 되겠어."

미소는 절망감에 사로잡혀 눈물을 펑펑 흘렸다. 산 아래를 바라보니 굽이굽이 솟은 바위들이 장관이었다. 텔레비전에서 본 그 어떤 여행 명소보다 더 근사했다. 천지는 이보다 더 황홀할 것 아닌가! 안 보면 평생 후회할 것 같았다. 하지만 이대로 올라갈 수는 없었다.

"진짜 나는 천천히 따라갈 테니 먼저 가서 자리 잡아, 정혁아."

미소는 일행 모두를 안심시켜야 할 것 같아 머리를 썼다. 모두 리철을 따라 깔딱 고개를 향해 산을 올랐다. 미소는 다시 주저앉았다. 정혁이 이미 눈치를 챘는지 뒤로 빠졌다. 사진작가도 미소가 걱정되어 머뭇거렸다.

"무리하지 마. 여기서 같이 기다리자. 내려올 때까지 앉아 쉬면서 아래 풍경 내려다보는 것도 나쁘지 않아."

정혁은 애써 아무렇지도 않은 척 말했다.

"두 사람은 특별한 관계 같네."

사진작가가 재밌다는 듯 싱긋 웃으며 말했다.

"미소가 좋은 친구예요. 전 남한에서 여자 친구를 사귈 수 있다는 생각조차 못 했어요. 서울에 가 보니 나 같은 탈북자에 대한 편견이 무척 심했어요. 무조건 색안경 끼고 보는 경우도 흔했고요. 특히 북한 남자들이 가부장적이라느니, 게으르다느니, 부정적인 시선으로 바라보더군요. 그래서 기죽어 있는 상태였는데 미소가 먼저 손을 내밀어 줬어요. 제 자존감을 완전히 세워 준 은인이죠. 이번 고향 여행하면서도 미소가 더욱 다르게 보여요."

정혁은 사진작가에게 그동안 간직해 온 속마음을 털어놓았다. 미소는 발가락이 아프면서도 정혁의 칭찬에 절로 힘이 났다.

"오호! 멋진 관계네. 미소 이야기도 듣고 싶다."

"근데 작가님, 지금 한가하게 우리 이야기 들을 때가 아닌 것 같은데요. 날씨가 우리를 볼모로 잡은 지대라고요. 제 걱정하지 마시고 정혁이 데리고 올라가세요. 그래야 제가 편할 것 같아요."

미소의 말에 사진작가는 어깨를 움찔했다.

"그러게. 언제 또 날씨가 변덕을 부릴지 모르니 올라가긴 해야겠지. 혼자 두고 가도 되려나! 정혁이는 올라갈 건가?"

사진작가가 정혁을 바라보며 물었다.

"미소야, 이러면 어떨까? 내 양말 한 켤레 더 신고 등산화 벗고 걸어 보면……. 그건 좀 무리일까? 난 너랑 천지에 가고 싶거든."

정혁이 너무나 간절히 권하는 바람에 미소는 마음이 흔들렸다.

"올라가다 죽더라도 갈게. 양말 한 켤레 더 신으면 좀 나을까?"

미소가 양말을 한 켤레 더 신은 뒤 등산화를 배낭에 넣었다. 그러고는 벌떡 일어나 살살 걸어 올라갔다. 사진작가는 깜짝 놀라면서도 대견해 어쩔 줄 몰랐다. 정혁은 용기를 낸 미소가 고맙고 대견해 손뼉까지 쳐 주었다.

"역시 미소는 미소다."

'통일 꽃'을 기다리는 아이들

깔딱 고개 주변에는 노란 만병초가 지천이었다. 경사진 곳에 누군가 줄 맞춰 심어 놓은 것처럼 피어 있었다. 아름다웠다. 다른 말로 더 표현할 수 없는 아름다움이었다. 정혁과 일행은 은은한 꽃향기에 취해 콧노래를 절로 흥얼거렸다. 미소는 양말만 신은 채 젖 먹던 힘을 다해 천지를 향해 발걸음을 옮겼다. 생각보다 그리 힘들지 않았다. 오히려 발톱이 덜 아파 살 것 같았다.

"노란 만병초도 신비롭네."

"이건 개감초꽃, 정말 예쁘다."

"어머, 여기 풍선난초도 있네. 안녕?"

사진작가는 연신 꽃 이름을 불러 주며 셔터를 눌렀다.

"와! 도감도 안 보고 이름을 다 알다니 꽃 박사 아니에요? 전 모두 처음 듣는 이름인데……."

미소는 이미 사진작가의 마니아가 된 듯싶었다. 야생화 밭을 거닐다 보니 발톱의 통증마저 사라지는 듯했다. 백두산 천지의 마지막 깔딱 고개는 험난했다. 옷이 흥건해지도록 땀을 흘리며 가파른 고개를 넘어야 했다. 정상은 어느새 코앞에 와 있었다.

드디어 백두산 천지가 눈앞에 펼쳐졌다. 영화의 한 장면처럼 광활하고, 신비하며, 황홀했다.

천지의 푸른빛은 말로 표현할 수 없는 색이었다. 비취색 동해와는 또 다른 신비로움이었다. 신이 수시로 다른 그림을 그리듯 오묘한 빛이 흘러나왔다.

"와! 미소가 맨발로 천지에 올랐네. 대단해!"

먼저 올라가서 기다리던 일행이 소리를 질렀다. 옆에 있던 관광객들 모두가 미소를 바라보며 환호성을 질렀다. 미소는 민망해 쥐구멍이라도 찾고 싶었다. 천지에 오른 많은 사람의 시선이 쏠리자 몸 둘 바를 몰랐다. 정혁이 와락 미소를 껴안아 주었다.

"멋진 커플이네!"

천지를 울리는 소리에 미소는 슬그머니 정혁을 밀었다.

"우린 모두 삼대에 복을 쌓은 사람들인가 봐. 미소까지 올라와서 더욱 좋고. 이토록 화창한 날씨 속에서 천지를 보다니. 천지를 보며 기원하면 무엇이든 이루어진대."

리철이 천지를 바라보며 뿌듯한 목소리로 말했다.

"리철 오빠 아니면 생각조차 못 할 여행이었어. 모두 걱정해 준 덕분에 여기까지 올라왔고……. 모두 진짜 고마워. 난 마음속으로 혼자 소원 빌어야지."

미소가 이 말을 남긴 뒤 양말만 신은 채 천지 가까이 내려갔다.

"형, 진짜 멋지다. 다음에는 서울에 와. 내가 남산 구경시켜 줄게. 남산도 자랑거리가 많은 산이야. 꼭 와, 기다릴게. 나도 아빠 소식 알게 해 달라고 빌어야겠다."

정혁은 리철에 온 마음을 다해 감사 인사를 했다. 그러고는 미소가 천지 경계선까지 내려가는 걸 잡았다.

"조심해. 여기서 너무 많이 움직이지 마. 내려갈 때도 맨발로 갈 거잖아."

정혁은 자신의 발톱이 아픈 것처럼 온몸을 움츠리며 말렸다.

수진도 리철의 어깨를 토닥이며 감사를 전했다.

"리철아, 서울로 꼭 초대할 테니까 너도 통일 열차 타고 놀러 와. 우리도 정성껏 구경도 시켜 주고 학교 소개도 할게. 특히 대학 탐방하면 좋을 것 같아."

모두 한마디씩 하느라 배고픈 줄도 몰랐다. 각자 천지에 서서 영산이 주는 기운을 온몸으로 느꼈다. 추운 겨울날, 창문을 열었을 때 뺨에 와 닿는 시리고 짜릿한 기분이랄까. 형언할 수 없는 이 순간을 영원히 잊을 수 없을 것이었다.

"서파 코스로 천지를 돌 때도 정말 멋졌거든. 야생화를 감상하며 여섯 시간 정도 구경하며 걷는 코스니까. 근데 북한 땅을 밟으며 오른 백두산 천지가 단연 최고야. 중국을 거쳐 오를 때는 백두산이 아니라 장백산을 다녀온 느낌이 컸거든. 이제야말로 완전한 백두산을 본 것 같아. 너무 벅차서 뭐라 말할 수가 없네."

사진작가는 동파 코스 말고 다른 코스로도 백두산을 올랐기에 감회가 더 깊은 것 같았다. 천지 주변이 관광객으로 가득 찼다. 단체로 통일을 기념하며 천지 여행 온 사람들이 사진을 찍느라 북새통을 이루었다. 남한의 유명한 방송국 로고도 보이고, 외국인들이 방송 장치를 설치하느라 분주하게 움직이기도 했다. 세계 방방곡곡에 남북통일이 큰 이슈라는 말이 실감 났다.

"얼른 꽃씨 뿌리러 가자."

수진의 말에 모두 설렌 얼굴을 하고는 할아버지가 준 꽃씨 봉지를 서둘러 배낭에서 꺼냈다. 천지 아래까지는 바리케이드를 쳐서 내려갈 수 없었다. 장군봉 쪽으로 오르다 보니, 호젓한 곳이 나왔다. 잇갈나무 사이로 키 작은 꽃들이 별처럼 반짝였다. 사방 천지가 노란 물결이었다. 꽃들이 콧노래를 부르는 것처럼 느껴졌다. 작고 앙증스러운 꽃들이 천지의 쪽빛과 잘 어울렸다. 남과 북 친구들의 조합과 비슷했다. 다른 듯 같은 모습이 말이다.

"이쯤이면 좋을 것 같아. 꽃씨는 나무가 빽빽한 곳에 뿌리면 그늘 때문에 안 자라. 볕이 잘 들고 흙 있는 곳에 뿌려야 싹이 나고 꽃이 피는 거지. 백두산은 고산이라 싹이 나기 힘들어."

리철이 이번에는 꽃집 아저씨처럼 말했다.

"어머, 지금 무슨 모의 중이야? 점심 같이 먹으려고 찾아왔는데."

사진작가가 손에 든 헝겊 주머니를 보며 호기심 가득한 눈빛으로 다가왔다.

"민박 할아버지가 주신 꽃씨예요. 백두산을 오르내리며 모은 야생화 꽃씨래요. 천지 주변에 뿌려 놓으면 언젠가는 꽃이 핀다고 주셨어요. '통일 꽃'인 셈이죠."

수진이 감격한 목소리로 설명했다.

"어쩜, 그런 생각을 하실 수 있을까? 통일 꽃, 남과 북에서 온 청소년들이 뿌린 꽃씨! 여행기 카피로 딱인걸!"

사진작가는 프로다운 포스로 진지하게 말했다. 그런가 하면 취재 노트에 꼼꼼하게 뭔가를 적기도 하고 일일이 인터뷰를 하기도 했다.

미소가 사진작가에게도 꽃씨를 조금 나눠 주었다.

"오! 미소야, 이게 무슨 꽃씨일까? 모양이 각기 다 다르네."

"올라오면서 본 꽃들에서 받은 씨앗이래요. 여러 가지 꽃이 섞였겠지요. 지금 우리 모습처럼요, 히힛."

미소는 맨발로 깔딱 고개를 넘어 온 뒤로, 몸과 마음이 한 뼘은 자란 듯 성숙한 모습으로 말했다. 거기다 천지의 영험한 기운을 받아서인지 눈망울이 더욱 선명해졌다. 그건 향기도, 수진도, 리철도, 정혁도 마찬가지였다.

영산인 백두산에 우뚝 선 사람 모두 다른 사람처럼 보였다.

"자, 이렇게 살살 흙 가까이에 뿌려 봐. 내년에 또 오길 빌자."

리철이 먼저 검고 깨알 같은 꽃씨를 흩날리도록 뿌렸다. 곧이어 모두 자기와의 일대일 서약식이라도 하듯 꽃씨와 눈 맞춤을 했다. 그런 다음 깊이 소망하고 간구하는 마음을 담아 여행을 떠나 보냈다.

"꽃씨야, 날아라 훨훨. 죽지 말고 뿌리 내어 멋진 꽃으로 피어나라, 통일 꽃으로."

향기는 이 말을 하며 울컥했다. 고향을 떠나 죽음의 강을 건너, 서울이라는 낯선 땅에 적응하려 애쓰던 자신의 모습이 떠올랐기 때문이다.

"나 서울에 돌아가면 미용에 대한 모든 것을 공부할 거야. 더 열심히 해서 멋진 꽃을 피우고 싶어."

향기의 느닷없는 고백에 갑자기 분위기가 숙연해졌다.

꽃씨를 뿌리라고 했던 할아버지의 깊은 뜻을 알 것 같기도 했다. 사진작가는 향기의 말을 노트에 적으며 고개를 끄덕였다.

"정말 의미 있는 말이다. 여러분이 꽃으로 피어나는 것이야말로 천지에 꽃씨를 뿌리는 행위와 통하네. 고향을 떠나 서울에 뿌리내리기를 시도한 탈북 친구들이라 더욱."

꽃씨를 다 뿌린 뒤 일행과 사진작가가 자리를 잡고 둘러앉았다. 할머니가 싸 주신 풍풍떡을 펼쳐 놓고 먹으려는 순간, 불빛이 번쩍거리며 웅성대는 소리가 들렸다. 여기저기서 플래시가 터졌다. 익숙한 방송국 로고가 찍힌 마이크가 눈앞에 아른거리기도 했다. 고요하던 천지가 갑자기 영화 촬영장으로 변한 듯 어수선했다.

"깔딱 고개 올라오는 모습에서부터 유심히 살펴봤어요. 저기 여학생은 등산화를 벗고 양말만 신고 오르던데 괜찮으세요? 뭔가 사연이 있는 팀인 것 같아 찾았어요. 백두산 천지에 꽃씨를 뿌리는 청소년들의 사연, 아주 독특한 콘셉트가 될 거 같아요. 이런저런 모습을 촬영하고 싶은데 어떠세요?"

방송국 프로듀서가 정중한 자세로 다가와 물었다. 일행은 어리둥절한 눈빛으로 서로를 바라보는데 사진작가가 나섰다.

"맞아요, 그야말로 특종이에요. 특히 꽃씨 뿌리는 이야기와 미소의 맨발 투지가 방송에 나가면 좋겠죠? 얘들아, 그냥 있는 그대로의 모습을 보여 주면 되니까 겁내지 말고."

"고맙습니다. 같이 오신 분 같은데, 무슨 관계시죠?"

"아, 저는 그저 길 위에서 만난 친구예요. 저도 이 친구들 이야기를 여행기에 함께 담을까 합니다."

사진작가의 자연스러운 모습에 일행은 힘을 얻었다. 정혁 일행은 사진작가의 조언대로 백두산까지 오게 된 배경과 여정을 담담하게 말하고 민박집 할아버지의 꽃씨 이야기 등을 편하게 털어놓았다. 프로듀서는 미소의 아픈 발톱을 가까이 클로즈업해서 찍기도 했다. 다양한 카메라가 일행 주변을 돌아가고, 사람들은 곁을 지나며 신기한 듯 힐끔거렸다.

"통일되자마자 고향을 찾은 이유는 늘 그리웠던 곳이었고 두고 온 아빠를 만나고 싶었기 때문입니다. 직접 와 보니 아빠 소식은 감감무소식이라 절망스러웠어요. 뭘 어찌 해야 할지 모르던 상황에 리철을 만나 백두산 천지에 오게 됐어요. 동파 코스를 타고 올라와 천지를 보니 통일이 실감 납니다. 내년에도 우리가 뿌린 꽃씨가 발아한 모습을 보러 오고 싶습니다."

수진이 조리 있게 말하자 구경꾼들이 손뼉을 쳤다. 그 말을 묵묵히 듣고 있던 프로듀서가 감격한 듯 힘주어 말했다.

"여러분은 남북 청소년이 함께하는 백두산 하이킹 클럽의 시발점이 될 겁니다."

프로듀서가 남긴 말의 깊은 의미를 모른 채 일행은 다시 천지와 주변 풍광을 눈에 담느라 분주했다.

어느덧 해 질 녘이었다. 천지에 내린 코발트 빛깔의 석양이 오묘한 빛을 뿜어냈다. 마치 환상의 나라에 온 것 같았다. 울긋불긋 등산복을 입은 관광객들이 환호했다. 만세 삼창을 부르는 팀도 있었다.

"천지에서 석양을 보다니 꿈만 같아. 미소야, 난 이제 무엇이든 잘 할 수 있을 것 같아. 지금까지와는 다르게 살고 싶어. 서울에 돌아가면 이제 달라질 거야."

자신감 넘치는 정혁의 모습에 미소는 가슴이 벅찼다.

"역시 내가 남자 친구를 잘 선택했다니까. 앞으로 변신할 너의 모습 기대할게. 나도 마찬가지야. 이제는 온실 속 아늑함에서 벗어날 수 있을 것 같아."

미소의 말에 정혁이 갑자기 목소리 톤을 높여 말했다.

"미소야, 너와 함께 백두산 정상에 설 수 있어서 정말 기뻐. 고마워."

정혁이 미소 앞에 프러포즈라도 할 태세로 몸을 움직였다.

"혁, 닭살이야. 그만 좀 하시지."

리철이 정혁과 미소의 어깨를 잡아 흔들며 말했다.

"그러게 말이야, 근데 왕 부럽다. 질투하는 내가 바보 같아서, 앞으로는 응원하기로 천지를 보면서 마음 바꿨어. 힛."

향기가 눈웃음을 치며 하는 말에 일행 모두 하하, 웃었다. 붉게 지는 노을에 비친 일행의 얼굴 모두가 별처럼 빛났다.

백두산 천지에서 내려오니 캄캄한 밤이었다.

"진짜 미소 다시 봤다. 양말만 신고 천지에서 내려오다니. 보기와는 영 다른 모습에 놀랐어."

리철의 칭찬에 모두 손뼉을 치며 다 같이 손을 잡고 원을 만들어 미소를 꼭 안아 줬다.

"나도 내가 대단해. 등산화를 신고는 절대 내려올 수 없었을 거야. 다행이야, 끝까지 내려와서. 근데 아직도 발바닥에 불이 나는 것 같긴 해."

"애썼다. 미소야."

사진작가도 감탄을 연발하며 미소를 꼭 안아 줬다.

"너무 늦었네. 어쩌나…… 생각 좀 해 보자."

리철이 걱정스럽게 말하는 바람에 분위기가 무거워졌다. 다시 할아버지의 민박으로 돌아가기에는 너무 늦은 시간이었다. 근처에서 숙박할 곳을 찾으려 해도 당장 돌아갈 여비 외에는 돈이 없었다. 일행의 자초지종을 들은 사진작가가 고민을 듣고 한 가지 제안을 했다.

"자, 이러면 어떨까요? 여러분의 이야기를 글로 써서 여행 책을 내려고 해요. 책이 나오면 그때 만나서 나한테 맛있는 떡볶이 사면 어떤지? 오늘 내가 숙박비 내 주는 대신에."

역시 자유로운 영혼의 소유자다운 제안이었다.

"이번 여행은 많은 사람에게 도움을 받으며 여기까지 왔습니다. 고맙습니다! 책 나오면 저도 서울로 갈게요!"

리철은 끝까지 리더 역할을 했다. 하지만 미소는 알았다. 리철이 헤어지는 것을 얼마나 아쉬워하는지. 사진작가도 리철의 깊은 속내를 눈치챈 듯했다. 사진작가가 힘껏 리철을 껴안아 주며 따뜻한 말로 다음을 약속했다.

"그래, 다음 방학에는 리철이 서울로 오면 되겠다. 그때는 한라산 백록담 하이킹 어때? 나도 동행할게, 꼭!"

북에서 보낸 편지, 리철

친애하는 서울 동무들에게

보고 싶은 동무들, 모두 잘 지내지?
백두산 천지를 다녀온 지 어느덧 1년이 지났네.
궁금해서 짧게 안부 전해.
난 영재학교를 졸업하고 일단 정해진 대학에 들어가긴 했어. 대학생
이 아니면 군대에 가야 하니 선택의 여지가 없었지. 백두산 오르며
잠깐 이야기했듯이 서울로의 진출을 꿈꾸고 있어. 그래서 여러 방법
을 알아보는 중이야.

참, 향기는 작은어머니 소식 들어서 잘 알고 있겠지? 작은어머니가
당 위원장의 후원으로 여성 위원장이 됐어. 그러나 지금은 그 자리
가 예전처럼 엄청난 위력을 발휘하는 것은 아니야. 그리고 작은어머
니가 정혁 아버지 소식을 백방으로 알아봤나 봐. (향기가 전화로 간
곡히 몇 번이나 부탁했다네!) 안타깝게도 정혁 아버지는 중국으로 넘
어간 뒤로 아무도 소식을 모른대. 정혁 고모님은 중국에 간 아들이
돌아와서 건강하게 잘 지내고 계신대. 모두 작은어머니가 신경 써서

소식 전해 주신 거야. 아버지 찾아 고향까지 찾아온 정혁이에게 좋은 소식 못 전해서 안타깝네.
요즘 작은어머니는 향기가 어서 미용 기술 배워 와서 고향에 멋진 가게 낼 날만을 기다리는 것 같아.

백두산 천지에 뿌린 씨앗이 통일 꽃을 피우기 위해 온 힘을 기울이고 있듯, 나도 내 인생의 꽃길을 만들기 위해 노력하고 있어. 서울에 가면 아무래도 기본 공부를 더한 뒤에 대학 문을 두드려야 할 듯싶어. 어쩌면 정혁이와 미소와 같이 대학을 갈지도 모르겠어. 아무튼 서울에 갈 수 있도록 열심히 준비하는 중이야. 동무들도 마음속으로 빌어 주기를 바라.
사진작가님 말처럼 다음에는 서울에서 만나자. 그땐 제주도 한라산 정상까지 가 보고 싶어. 그럴 날이 꼭 오리라 믿으며, 모두 안녕!

다시 만날 때까지,
함경북도 청진에서 리철 씀

우리의 산악 대장 리철 오빠에게

리철 오빠, 짧지만 깊은 의미가 담긴 편지 받고 기뻤어요.

오빠가 탄 버스가 떠난 뒤, 우리는 오랫동안 버스를 바라보았답니다. 그만큼 아쉬웠지요. 우리는 삼지연 공항에서 비행기를 타고 서울에 도착했어요. 부족한 여비는 사진작가님이 빌려줬어요. (실은 우리가 떼를 써서 억지로 성사시킨 일이지만요. 덕분에 편하게 왔어요. 갈 때와는 차원이 다르게.)

백두산 여행에서 얻은 흥분과 기운이 가물가물 흐려져 갈 즈음 '통일꽃, 남북 청소년 백두산 하이킹'이라는 타이틀로 우리 여행이 방송에 나왔어요. 다큐멘터리였는데 백두산의 야생화며 동물 등 다양한 모습이 나왔어요. 백두산을 찾은 우리의 사연과 꽃씨 뿌리는 장면, 인터뷰 등 분량도 꽤 많았지요. (저의 발톱 덕분에 맨발로 천지오른 이야기가 조금 화제가 되기도 했답니다.) 리철 오빠 모습이 가장 멋지게 나왔는데 함께 보지 못해 안타까워요. (통일됐어도, 방송은 아직 통합되지 못하다니.)

방송의 힘은 상상 외로 컸어요. 전국의 청소년이 함께하는 학교라든 가, 단체, 공공 기관에서 '백두산 하이킹 클럽'이 대나무 죽순 나듯 생겨났으니 말입니다. 남북의 꽃씨를 골고루 섞어서 가져가는 것은 필수 항목이 됐답니다. 놀랍지요?

서울에 돌아온 우리는 열심히 아르바이트해서, 사진작가님에게 빌린 돈을 다 갚았답니다. (우리 엄마가 많이 보태 주긴 했지만요.)

여비 갚는 날, 작가님이 쓴 우리 이야기가 잡지에 실렸어요. 그 또한 반응이 매우 좋아요. 지금은 무산에 계신 민박집 할아버지 찾아갈 방법을 모색 중입니다. 가게 되면 리철 오빠도 당연히 같이 가야죠!

향기는 요즘 대학교 뷰티학과에 들어가기로 마음먹었답니다. 열심히 대학 입시 준비도 하고 있어요. 대단하죠. 정혁이는 간호 대학에 들어가기 위해 준비 중이에요. 간호사가 된 뒤 고향 병원에 가 일할 생각이래요. 남자 간호사복 입은 모습, 상상만으로도 멋지죠!

대학 졸업과 동시에 시내 중학교에 발령을 받은 수진 언니는 '백두산 하이킹 클럽' 학생들 지도에 여념이 없답니다.

참, 저는 서울에 와서 급기야 발톱이 완전히 빠졌어요. 병원 다니며 치료를 받고, 고생 좀 했어요. 그래도 맨발로 천지를 오른 내가 대견해요. 지금은 문창과에 가기 위해 읽고 쓰는 일에 매진하고 있습니다. 저야 뭐, 여행 작가로 살아가며 남북 어디에서든 글을 쓸 수 있으니까요. 정혁이랑 늘 동행할 생각이에요.

리철 오빠, 이제 통화라도 자주 해요. 남북통일 후, 가장 먼저 하나가 된 것이 통신이 아닐까 싶어요. 목소리라도 자주 들을 수 있으면 좋겠어요. 그리고 오빠가 서울에 있는 대학으로 전학(?) 오기를 진심으로 바라요. 우리 모두 같이 대학에 들어가면 더없이 좋겠어요. 각자의 길은 달라도 말이에요. 리철 오빠가 서울에 온다고 생각하는 것만으로도 벌써 설레네요. 꿈은 이루어진다고 했으니 머잖아 서울에서 오빠를 만날 수 있겠지요. 그럼 그때까지 건강하게 잘 지내요.

백두산 천지를 오르며 쌓은 우리들의 우정은 영원할 거예요!

다시 만날 그날을 고대하며,

서울에서 미소 드림

나는 탈북 청소년의 스피커입니다

    백두산에 올라 꽃씨를 뿌리는 남북 청소년들!

    저는 지난 10년간, 북에서 온 친구 200여 명을 만나 왔습니다. 탈북 학교에서 '박경희 작가와 함께하는 인문학 수업'을 했기에 가능한 일이었습니다. 매주 교실에서 그들과 눈을 마주치며 울고 웃었습니다. 인문학 수업은 가르친다기보다, 더 많은 것을 얻은 시간이었습니다. 탈북 친구들의 절절하면서도 생생한 이야기를 접하게 되었으니까요.

    '정성이면 돌 위에서도 꽃을 피운다'라는 북한 속담도 알게 되었습니다. 북에서 온 친구들이 남한에서 살아남기 위해 이 속담처럼 정성을 다하는 모습을 지켜보며, 남북문제나 통일 문제를 '이념'이 아닌 '사랑'으로 바라보아야 한다는 것을 깨달았습니다.

    저는 현장에서 보고 듣고 느낀 것을 소설, 동화, 르포 등 다양한 시선으로 썼습니다. '통일', '휴전선', '탈북'이라는 말조차 꺼리는 남한 친구들에게, 탈북 친구들이 왜 죽음의 강을 건너 여기까지 오게 되었는지, 대한민국 국적을 받은 뒤로는 어떻게 살아가는지 전하고 싶었기 때문입니다. 그야말로 절절한 마음으로 작품을 썼지요. 또한 '탈북 청소년의 스피커'라는 타이틀로 전국 독자를 만나러 다녔습니다. 제 작품을 읽고 마련한 자리라 더없이 소중했지요. 독자 앞에 설 때마다 이렇게 말했습니다.

"자신이 태어난 땅, 북한을 버리고 탈출한 친구들은 꿈속에서라도 고향에 가고 싶어 합니다. 고향에 두고 온 부모님, 할머니, 동무가 너무도 보고 싶다 합니다. 동네 입구에 있던 늙은 회화나무가 보고 싶어 통곡했다는 아이를 만난 적도 있지요."

제 이야기를 들은 남한 친구들에게, '탈북민'에 대한 편견을 버리게 되었다는 고백을 수없이 들었습니다. 용기가 생겼습니다. 그래서 이번에는 획기적이면서도 미래 지향적인 시선으로 남북 이야기를 전하고 싶었습니다. 제게 '아빠가 생일 선물로 심어 준 자두나무가 지금도 살아있을까요?' '기르던 멍멍이는 어떻게 되었을까요?'라면서 북녘 하늘을 바라보던 친구들의 눈망울을 떠올리며, 통일 후의 세상을 그려 봤습니다. 꿈에도 그리던 고향에 간 탈북 친구들의 여정을 파노라마 형식으로 펼쳤습니다. 제가 만난 탈북 친구의 심정으로 사건과 서사를 만들었지요. 상상만으로도 신이 났습니다.

백두산에 올라, 꽃씨를 뿌리는 남북 청소년들의 하이킹이 현실로 이뤄질 날을 기대합니다. 여러분도 상상의 나래를 펴고, 북한 땅을 미리 밟는 기쁨을 누려 보시기 바랍니다.

이 소설이 제가 써 온 탈북 문학의 정점이 되었으면 좋겠습니다. 여러분의 관심과 사랑을 손 모아 빕니다. 모든 것의 모든 것에 감사하며.

2022년 첫 해를 맞는 새벽이슬 같은 마음으로
대학로에서 박경희

리정혁의 백두산 하이킹

1판 1쇄 인쇄 | 2022. 1. 6.
1판 1쇄 발행 | 2022. 1. 13.

박경희 지음

발행처 김영사 | **발행인** 고세규
편집 박양인 | **디자인** 윤소라
등록번호 제 406-2003-036호 | **등록일자** 1979. 5. 17.
주소 경기도 파주시 문발로 197(우10881)
전화 마케팅부 031-955-3100 | 편집부 031-955-3113~20 | 팩스 031-955-3111

값은 표지에 있습니다.
ISBN 978-89-349-7489-5 43810

좋은 독자가 좋은 책을 만듭니다. 김영사는 독자 여러분의 의견에 항상 귀 기울이고 있습니다.
전자우편 book@gimmyoung.com | 홈페이지 www.gimmyoungjr.com

어린이제품 안전특별법에 의한 표시사항

제품명 도서 **제조년월일** 2022년 1월 13일 **제조사명** 김영사 **주소** 10881 경기도 파주시 문발로 197
전화번호 031-955-3100 **제조국명** 대한민국 ⚠주의 책 모서리에 찍히거나 책장에 베이지 않게 조심하세요.